リリアン

岸政彦

新潮社

目次

写真・題字／著者
装幀／新潮社装幀室

リリアン

ひとりで家を出て飲みにいくとき、誰もいない浜辺でシュノーケルをつけて、ゆっくりと海に入っていくときの感じに似てるといつも思う。若いとき、狂ったように和歌山や鳥羽や若狭の海に通って、たったひとりでシュノーケルをつけて、ただ海に浮かんでいた。目的も目標もなにもなく、理由すらなく、ただ地図を見て、ああ次の休みの日はここに行こうと決め、朝早く起きてフィンとマスクとシュノーケルとタオルと、そのほか細々したものをダイビング用のメッシュバッグに入れ、ぼろぼろの軽自動車の後部座席にぶちこんで、ひたすらに海に向かっていた。あれは何だったんだろう。

そのうち地図を見るだけでちょうどよいエントリーのポイントが見つかるようになる。それはまず狭い浜辺や岩場であること。車で入っていけるぐらいの道があり、停められそうな場所があること。必ずしも砂浜でなくていい。岩だらけの場所でもいい。むしろ岩場のほうが、水が澄んでいるし、人も少ない。

　途中で必ずコンビニに寄って、簡単な食いものを少しと水を大量に買う。2リットルのペットボトルを三本ぐらいは買う。帰るときに体の潮水を落とすために使うから。朝飯はほとんど食わない。

　ちょうどよい場所が見つかると、適当にそのへんに車を停め、車内で着替えて（いつもこういうとき男は気楽だなと思う）、フィンとマスクとシュノーケルの三点セットを持って、水辺までいく。日焼けしすぎないように、真夏でもちゃんとTシャツやラッシュガードを着る。ダイビングブーツを履いてるから、岩場でも足の裏は痛くない。

　誰もいない浜辺に、水鳥が飛ぶ。蝉が鳴いている。日本海はバスクリンみたいな青緑色で、とてもきれいだけど、和歌山の海は真っ黒だ。でもそれも好きで、和歌山の海にもよく行った。

　最後に行ったときは日本海の若狭の、もう細かい場所はどこだか忘れたが、ほんとうに誰もいない広い岩場で、内海の小さな入り江にあり、水は澄んでいて透明で、穏やかな波がちゃぷちゃぷと岩を洗っていた。

　三点セットを手に持ったまま、ゆっくりと海の水に浸かる。足首から脛、膝、太股まで生ぬるい水のなかに入ったところで、風呂に浸かるようにしてしゃがんで肩まで水に入り、まずはマスクのガラスの内側に唾を吐いたり、そこらへんの海藻を抜いてちぎって揉んで、そのぬるぬるをガラスの内側に塗りつける。曇り防止だ。

髪の毛を水で濡らしてオールバックにして、シュノーケルとマスクのベルトを頭に通す。ゴムのベルトに髪の毛がひっかかって、ちょっと痛い。マスクを目の位置に装着し、曇りがないか確かめて、大丈夫だったら、水面の上でシュノーケルを咥える。なかに水が入っていたら、弁を手のひらでふさいで強く息を吐くと、煙突の先から水が霧になって勢いよく出ていく。

水のなかにしゃがんで、手に二つの重いフィンを持ったまま、顔を水につける。ここからは、口でしか呼吸できない。

マスクのガラスを通して水の中が見える。下をむくと、しゃがんでいる自分の膝が見える。背中を水面に浮かべて、ゆっくりと膝を伸ばすと、うつ伏せになって水に浮く。

フィンはまだ手に持っている。すこしバタ足をすると、体は沖のほうに流れていく。冷たくて生ぬるい水が、胸や腹の下を流れていく。まだ浅いから水の中も明るくて、すぐ目の前に水底が見えている。透明な小さな魚がいる。まばらに海藻が生えて、ゆっくりと揺らいでいる。岩のかたまりのあいだに白い砂が広がっている。少しずつ深くなる。

足が届かないぐらい深いところまで漂うようにして泳いでいって、そこでぐるりと反転し、仰向けになって腰を曲げて、体を沈めて頭を水面の上に出す。そのままの姿勢で片足ずつフィンを装着する。水中に浮いたまま片足立ちをするような格好で、自分でも器用だなと思う。足先をフィンに突っ込んでゴムのベルトをかかとに通す。両足にしっかりとフィンが装着されると、これでようやく、海のなかを自由に移動できるようになる。

まわりには誰もいない。ゆっくりフィンを漕ぐと、水はすぐに深くなっていって、底が見えなくなる。水面からのたくさんの光がまっすぐに、底のない海の底に差し込んでいる。とつぜん、巨大な岩礁が現れる。下のほうがどうなってるか、何も見えない。まるで空中に浮いているお城のようだ。てっぺんは海藻で覆われて、フジツボみたいなゴツゴツしたものがたくさんついていて、そのまわりをたくさんのいろんな種類の魚が、波に揺れながら泳いでいる。

岩礁を通り過ぎると、とつぜんまた違った光景が現れて驚く。それまで底が見えないほど深かったのに、急にまた浅くなっていて、底はいちめんの真っ白な砂で、風紋のような波の模様がついていて、そこに千本もの光の筋が差し込んでいて、海のなかで銀のカーテンが風に吹かれているみたいに、きらきらと揺れている。

海のなかではすべてのものが揺れている。岩でさえ、魚や海藻に囲まれて揺れているように見える。どうしてかわからないけど、ときどきマスクのなかで泣くことがある。海のなかではぜんぶが揺れているんだなと思う。

そういうときに限って巨大な海亀がゆっくりと現れる。そしてちらりとこちらを見ると、悠然と方向を変え、黙ってまた沖のほうに向かおうとする。思わず付いていきそうになる。

連れてってくれ。俺を連れていってくれ。

　ドアを閉めて、財布と携帯と鍵だけ持って玄関から一歩出ると、いつも一瞬だけ自分がどこにいて、これからどこに行こうとしているのか、わからなくなる。

　仕事のない夜に、ひとりで暮らしているこの路地裏の2DKの安い古マンションで、ポール・チェンバースやジョージ・ムラーツの教科書のようなベースソロをコピーしたり、簡単なクラシックの曲の弓弾きを自己流でやってみたり、あるいはただ単にぼんやりと音楽を聴いたり、適当な本を読んだり、サボテンに水をやったりしていて、そのうち夜が更けてきて、もう楽器の音も出せなくなってくる。

　そういう、仕事もなく、用事もなく、練習もできない、読みたい本もないという夜は、フィンやシュノーケルのように財布と携帯だけを持って、狭くて汚いマンションの部屋を出る。

　そして玄関先で、右にいくのか左にいくのかいつも一瞬迷う。いつも、シュノーケルをつけて生ぬるい海のなかに体ごと入っていく、あの感じに似てるなと思う。脇腹や太股を、冷たくて温かい海水がゆっくりと撫でていく。息を止めて深く潜ると、音が消えていく。方向も時間も、自分の名前も忘れていく。あの感じ。

　階段を降りてマンションから出ると、すぐ前は駅から続く寂れた商店街がちょうど果てるところで、その狭くて細い道を、小さな魚のような人びとが歩いていく。海のなかはすべてが揺れているが、地上もそれは変わりない。まばらな店にともる明かりがゆらゆらとまたたいている。規則正しく街灯が並び、オレンジ色の光がまぶしい。そしてはるか上空に満月が昇っていて、金色の光が千本も海底に差し込んでいる。風が吹いて、枯れかけた街路樹がおだやかに揺れている。海も街も変わらない。どこへ行くかも決めずにひとりで玄関を出て、海のような街をゆっくりと泳ぐように歩く。

駅のほうに向かうと、だんだんと盛り場が栄えてきて、明るくなってくる。大きなスナックビルの岩礁や、小さい岩場の居酒屋や焼き鳥屋、焼き肉屋がたくさん並んでいる。深夜まで開いてるスーパーが、イカ釣りに使うような強烈な蛍光灯の光をあたりにまき散らしている。中学生の雑魚の集団が、塾帰りだろうか、コンビニのチキンを手にもって駐車場の片隅にたむろして、口をぱくぱくとさせている。その横を、ひとりで、海亀のように歩く。どこへ行くのも自由だ。海のなかは、自由で寂しい。ひとりで飲みにでかけるのも、自由で寂しい。

最近はもう、音楽をやめようかとそればかり考えている。やめて何ができるわけでもないのだが、ぱっとしないまま、だらだらと飯だけ食えているいまの状態に嫌気がさしている。飯だけがだらだらと食える状態、というのは、残酷なものだ。やめどきが見つからない。音楽とスポーツは生まれつきぜんぶ決まっている、と聞いたことがある。どれくらいできて、どれくらいできないか、生まれたときにぜんぶ決まっているのだ。どれだけ練習しても、どれだけ努力しても、どれくらい沖合まで泳いで行けるかは、もうぜんぶ決まっている。

そして、その「飯を食う」ということも、大阪ではどんどん難しくなっている。客もどんどん減ってるし、店も減り続けている。

大きな表通りの、地下鉄の出口がある交差点のまわりには、そこそこビルも建っていて、白木屋や和民みたいなどうでもいい居酒屋の看板もあり、マクドやモスや牛丼屋もあり、なんとなくそれなりに栄えてる街に見える。でもこの街は大阪の南の端にある場末の街で、一本裏に入ると、ただぽつりぽつりとうどん屋やスナックやバーがあるだけの、寂しい街だ。難波や梅田にも御堂筋線で一本で行けて、駅に近くても家賃が安いから、もう八年ぐらいここに住んでるけど、特に気に入ってるわけではない。

そのバーはドミンゴという名前で、最初は変な名前だと思ったけど、ママに聞いたらスペイン語で日曜日という意味らしい。金曜日か土曜日のほうがよかったんちゃうかって聞いたら、毎日日曜日のほうがええやろと笑っていた。そやな、毎日休みのほうがええな。そしてなぜかドミンゴも日曜が定休だ。店の名前なのに日曜日休むんか、って言われるたびにママは笑う。もしかしたらわざと定休の日曜を店の名前にして、ネタにしてるのかもしれない。

昭和のスナックみたいな、いかにも大阪の場末っぽいところが苦手で、そういうところは店も客も高齢化しすぎてて、俺みたいな中途半端な年齢のやつは、なかなか入りづらい。ドミンゴはカウンターだけの小さな店に、もともとこの街でながいことスナックをやってたママがひとりでやってるか、たまにバイトの子が入ってるかの、スナックなのかガールズバーなのかショットバーなのかわからない店で、いちおうカラオケもあるけどママがカラオケ嫌いやと言って客には絶対に歌わせない。せっかくスナックやめたのに、なんで客の下手な歌聞かなあかんねん。そらそうやな。常連はみんな納得して黙って飲んでいる。でも、たまに二、三人連れの泥酔したサラリーマンが夜中に一見で入ってきて、カラオケあるなら歌わせろやと騒ぐこともある。ママは素直にでかいリモコンを渡すけど、びっくりするぐらい小さいボリュームに設定してて、病院の待合室のテレビみたいな小さな音でイントロが流れるたびに客がアホみたいな顔でぽかんと口を開けるのが毎回面白い。店のインテリアも適当なたこ焼き屋かネイルサロンみたいな、ニトリで買い揃えましたみたいな感じで、酒もアテも不味くて、居心地が良い。

薄暗い路地からドアを開けて薄暗い店に入り、安っぽい合板のカウンターの、合成皮革の真っ赤なスツールに座ると、何も言わずにママがサーバーから生ビールを注ぐ。ママの奥にバイトの美沙さんもいる。特にこちらを見ることもなく、美沙さんはひとり客のおっさんと何か喋っている。ほとんどすっぴんで、ユニクロの色あせたパーカーを着ていて、首筋に皺があって、そしてあいかわらずとてもきれいだなと思う。

生ビールを飲みながら、美沙さんと初めて喋ったときのことを思い出す。夜中の、店と駅の中間にあるファミマのイートインだった。

その夜もドミンゴでけっこう飲んで、すぐ帰るのが何か寂しくて、でもそんなに誰かと喋りたいわけでもなくて、ただまっすぐ家に帰るのがどことなく味気なくて、表通りに出たところにあるでかいファミマで89円の炭酸水を買って、イートインにただ座ってぼんやりと窓の外を見ながら飲んでいた。そのとき美沙さんの姿が見えた。あ、店終わったんかな。両開きの自動ドアが開く。店に入ってくる。夜食か、朝ごはんでも買いにきたんかな。

その夜は美沙さんがバイトとしてはじめてドミンゴに入った夜で、新人さんやねんと紹介されたけど、若くもなく、愛想がいいわけでもなくて、そういう俺もそんなに初めての子とぺらぺら喋ることが得意なわけでもなく、どこに住んでるのとか、どこの出身なのとか、そういうありきたりな会話を交わしたら、あとはそんなに喋らなかった。生まれは和歌山やけど、実家を出て、このへんでひとりで住んでるねん、みたいなことを言っていた。常連のおっさんが、ひとりなんかいな、おれもひとりや、もう終電あらへんわ、今日泊めてえなと冗談を飛ばし、美沙さんもひとりでさみしいから泊まりにきてほしいわあと答えて、おっさんもそんなこと言うて誰かおるんちゃうん、怖いにいちゃんでもおるんちゃうん、と笑って、なぜかそこからすぐにママのいま住んでる家がどれだけ汚いかっていう話になった。こないだ脱ぎ捨てたパンツからキノコ生えとってん。それポン酢であえて店で出したらええねん。ほんまやな。

店でおっさんと喋るのはそれはバイトでやってるだけで、バイトが終わったら客と喋りたくもないだろうし、俺のほうもなんか気まずくて、顔をそむけて店の奥のほうを向いて黙って座ってたら、美沙さんは自分の買い物を終えたあと普通の感じでイートインまで歩いてきて、俺の横に座って、普通に話しかけてきた。

いっつも帰りにここ寄ってんの。いやいや、そんなことないけど。

なんかこの場にふさわしいおもしろいこと言わなと思って考えたけど、もう夜の一時を過ぎていて、俺は眠かった。美沙さんも別にこんな我孫子町の場末のファミマで、しかもやっと初出勤のバイトも終わったとこで、おもしろい話をして盛り上がりたいわけでもないようで、黙っていた。俺も黙った。

しばらく黙っていた。

有線でくだらない日本語の歌が流れる。

ＬＥＤの照明が真っ白でまぶしい。

右手に握った炭酸水は、すこしずつ息をしなくなっている。

いちど美沙さんと散歩をしているときに、夕方で、もう夏も終わりで空の高いところにうろこのような雲がひろがっていて、そこからたくさんの光の筋が差し込んでいて、海の底から海面を見上げてるみたいだなと思った。見上げる空に、巨大なクレーンがあった。

大阪はどこも、タワーマンションばかり建てている。俺たちには縁のないものがたくさん建っている。

あ、ここもなんか建つんかな。

建つんやな。

ここ前何やったっけ。

わからんな、俺そういうの全部忘れるわ。美沙さんそういうことよう覚えてるよないつも。

私もわからへんけど。あ、わかった、うどん屋ちゃう？

うどん屋あったなあ。あったあった。

うどん屋っていうか、うどん屋が入った古いビルな。

そうそう、上が古いマンション。

我孫子から長居公園にいく途中の、国道沿いに、一階にうどん屋とペットショップと美容院が入った、そこそこの大きさの古いマンションがあった。

美沙さんと散歩するときはいつもその前を通った。俺はあんまりそういう細かい風景を覚えられないけど、動物を置いてないペットショップのことはなんとなく覚えている。せまいケージに入れられた小さな子犬や子猫がかわいそうで、そういうところを見たくなくて、普通のペットショップの前は避けて通るようにしてるけど、純粋にフードやキャリーバッグやリードやなんかの小物しか置いてないその店の前を通るのは大丈夫だった。

店の上は古いマンションで、もう築五十年は経っていそうだった。小さな窓にはひさしがあり、壁はひびわれだらけで、狭い階段や廊下の床は緑色に塗られていた。

そういえば一度だけ、そのマンションが取り壊される前に、美沙さんと一緒に入ったことがある。あのいちばん上の廊下からこの国道を見下ろしたらどんな風景なんやろ、と言って、じゃあこっそり入ってみよか、ということになったのだ。

八階建てのそのマンションの、裏手の入り口から入り、エレベーターに乗って最上階まで行くと、廊下が国道側に面していて、いつも地面を歩きながら見ているものとは違う夜景がひろがっていた。上から見下ろす国道に、たくさんの車が走っている。左側は赤い目がつらなる列、右側は金色の目の列。

廊下に並ぶ部屋のドアや窓から明かりが漏れている。あれはたぶん夏だったのだろう、いくつかのドアは半開きになっていて、家の中が丸見えになっている。カレイを醬油で煮る匂い、卵焼きの匂い、柔軟剤の匂い。子どもと犬の匂い。玄関のドアの前には、ママチャリや、子ども用の小さなキックボードや、ひからびた植木鉢が並んでいる。

俺と美沙さんは、住民の誰かに見つかって咎められないかひやひやしながら、しばらく国道側の手すりにもたれて、夜の街を見下ろしていた。

いまそのマンションは取り壊され、工事現場になっていて、巨大なクレーンが空に突き刺さっている。

　その夜空を見上げる。あの八階の廊下は、どのあたりだろう。どのくらいの高さにあったんだろうか。ふたりで黙って我孫子の街を見下ろしていた廊下は、もういまは存在しない。しばらく俺は、何もない空中に、あのときの廊下を探していた。どのくらいの高さに俺たちは浮いていたのだろうか。

　そこにはもう何もなくて、ただクレーンだけがある。地上から見上げるクレーンは、大きな生き物みたいだ。顔のところが、窓ガラスが貼られた小さな四角い部屋になっている。

あそこ行ってみたいな。

美沙さんがつぶやいた。

ほんまやな。あそこ、いっかい行ってみたいな。

どんなんやろな。

やっぱり梯子一段ずつ登っていくんやろか。

めっちゃ大変やんそれ。あの高さやで。

小さいエレベーターっていうか、リフトみたいなんが付いてるんやろな。

あそこに登ったら、ずっとひとりやろか。

トイレとか飯とかどうしてんのかな。

持っていくんやろな。トイレは我慢してんのとちゃう？

あははは。ポリタンクみたいなんあるんやろ。建築現場で働いたことあるけど、小さい現場やと朝顔っていう、それ専用のポリタンクあったで。

そうなんや。でも寂しいやろなひとりで。

気楽なんちゃう。なんか現場を上から見下ろす感じで。

そうかなあ。寂しいと思うな。夜とか。

夜は仕事せんやろ危ない。

そうか。せやな。

美沙さんはずっと、そのあとも、あそこに行ってみたい、行ってみたいばかり言っていた。

真夜中に、あの地面からそびえたつ一本の鉄の棒の上にぽつりとある四角い部屋の中に入って、周りを見渡したら、どんなふうに見えるだろうか。

真っ暗な操縦室のなかに、ガラス越しに街の明かりが差し込んでくる。操作盤のメーターやスイッチが小さく光っている。夜の海に浮かんで、暗い海底を見下ろす。海の底に貝殻やイソギンチャクが群れをなしている。青く光る魚がたくさん行き交う。高層ビルの屋上にちかちかと赤いランプがまたたく。伊丹空港へと向かう飛行機の音が聞こえる。飛行機は背中から潮を吹き上げて息を吐くと、ゆっくりと尾ひれを上下させて、大阪の海底へ向かって沈んでいく。

美沙さんと抱き合っているときも、海に浮かんでいるような気になることがあった。いつも俺の部屋で、簡単で優しいセックスが終わると、そのましばらく抱き合っている。顔を見られるのが恥ずかしいので、美沙さんに向こう側を向いてもらって、俺はいつも美沙さんの背中にしがみつく。そばかすだらけの背中に触れると、肩甲骨や肋骨が手のひらに包まれる。細い肩の骨をなぞると、小さな木切れに摑まって海を漂っているように感じる。まわりには何千キロも、陸地も島もない。

wi-fiにつながったステレオから、ソニー・ロリンズの明るい歌声が小さく聴こえてくる。

これ何？

ソニー・ロリンズの、マイナーなアルバムのやつ。

そうなんや。

うん。

明るいな。

うん、ロリンズって明るくて、ええな。

明るい音楽がええな。

うん。音楽は明るいほうがええよな。

音楽ぐらいはな。明るくて、優しいほうが。

しばらく黙って、耳を傾ける。ロリンズのサックスに混じって、窓をぱらぱらと痛そうに叩く雨の音も聴こえてくる。夕方からなんとなく蒸し暑くて気圧が低いなあと思っていたんだった。

美沙さんは壁のほうを向いて、俺に背中を見せている。真っ暗な部屋に、肩甲骨が真っ白に浮かんでいる。

この曲、知ってるわ。

うん、これ、有名な曲やで。

なんていうやつ？

Isn't She Lovely。スティービー・ワンダーやな、元歌は。

そうなんや。名前だけ知ってるわ、そのひと。

めちゃ有名なひと。

そうなんや。

うん。

ええなあ。

ええよなあ。

なんか、切ないな。

そやな。

切ないっていうか、懐かしいっていうか。なんか、帰ってきたで、って感じ。ただいま、おかえりって、言い合ってるみたいやな。

あ、そうやな。ほんまやな。

うん。

うまいこと言うな。

なんか、大好き、ただいま、おかえりって感じ。

うーん。なるほど。これE♭でやるねん、ふつう。でもこれ、Eやねん、ナチュラルの。

ふん。わからんけど。うふふふ。

そうか。たぶんギターのひとに合わせて半音上げてるんやと思うけど、
うん、
まあ、普通にE♭として。これな、どう言うたらええかな、
うん、
E♭に帰ってくるコード、っていうのが、あるねん。

へええ。E♭に帰ってくるためのコード?

うん、そうそう。あのね、B♭7。

へえええ。

で、そのB♭7に帰るためのコードがあるねん。

なにそれ。かわいい。

うん、かわいいねん。あのな、F7。

ひょっとして、そのF7に帰るためのコードがあるんちゃうん。

そやねんそやねん。あのね、Cマイナー7。

へええ。

で、この曲、Cマイナー7から始まるねん。

うん。

Cマイナー7から始まって、つぎF7行くねん。

ちょっと帰ってきた。

うん、そう、ちょっと帰ってきた。ほんでまた次、B♭7行くねん。

だいぶ帰ってきた。

帰ってきた帰ってきた。ほんでやっとE♭に戻ってくるねん。

そのために、その最初のコードからわざと始まってんの？

うん、多分そう。Cマイナー7からF7行って、ほんでB♭7行って、ほんでやっと、E♭に帰り着く。

長い旅路やってんなあ。

そうやねん、長い旅路やねん。だから、スティービー・ワンダーがそこまで考えて作ったんとちゃうと思うけど、なんかこの曲な、

うん、
わざとすっごい遠くのほうから始まって、一歩ずつ、もとの故郷に戻っていくねん。なんかそんなコード進行だから、お帰り！　とか、ただいま！　とか、そんな感じするんかもしれん。

へえええええ。

なあ。

私ほんなら、ええこと言うたな。

うん、すごいいいこと言ったと思う。感心した。

あはははは。感心されちゃった。

なんか、お帰りとかただいまとか、そう言われて、はじめてコード進行の意味がわかった気いしたわ。

なんかうれしい。

ほんでまた、毎回キメのフレーズ入るからな。

あ、この、だかだだかだだん！　ってやつ？

そうそう。それ。それがまた、お帰り！　言うてるみたいやなあ。

ほんまやな。

そういうふうに聴いたことなかったから、なんか新鮮やわ。

ふふふ。

こういうのって、たぶん作ったひとの感情とか、思いとかじゃなくて、音の並び方で決まってるんやろな。

懐かしい感じとか？

数学みたいな。

不思議やな。でもちょっとそれ怖いな。

怖い？

うん、人間要らんやん。

……そうやな、確かにそうやな。人間要らんな。

美沙さんの背中から聴こえてくる声が気持ちよくて、眠くなってきた。雨は止んでいて、雲の隙間から月が輝いていて、その光が窓ガラスを通って、真っ暗な部屋のなかに差し込んでいた。光は窓ガラスを通り過ぎ、部屋に寝かせてあるウッドベースを通り過ぎ、俺の肩を通り過ぎて、美沙さんの背中を照らしている。

美沙さんの背中に当たる月の光を見ながら、夜の海に浮かんだクラゲを想像していた。そういえばクラゲって、「海月」って書くんだっけ。ぼんやりしながら壁にあたる金色の月の光を見る。左手を伸ばして、壁に触る。光の輪郭を指でなぞる。いつも、いつのまにかいなくなるんだなと思う。気がつけばひとりだ。でもちゃんと、美沙さんが帰っていった記憶はある。おたがいの部屋が近所なので、いつも簡単に来て、簡単に帰る。あした昼のバイトが早いから、もう帰るわ。美沙さんはそう言って、ユニクロのキャミソールを着て、その上からパーカーをかぶって、あっという間に来たときの服装に戻ると、ほなねと言って寝ている俺の頭のなかに指をつっこんで髪をかきあげた。

その感触が残っている。俺はいつまでも壁にあたる月の光の、ゆがんだ四角形を見ている。さっきまで一緒に寝て、くだらないことを喋っていたのに、もういない。五分前までここにいたのに、もう、跡形もなくなっている。ふたつめの枕のかわりに置いたクッションに、かすかに髪の匂いが残っている。

子どもがいるって言っていた。俺がいつものように、音楽やめたい、音楽やめて別の仕事したいって言いだしたときに、ぽつりとそう言った。あのな、私、子どもおるねん。あ、そうなんや。うん、私ももう四五やし。あれ、もうそんな歳だっけ。そやで、自分の十こも上やねんで私。

そうか、子どもおってもおかしくない歳やなあ。

うん。

俺は、旦那はいないの、とか、なんでいまひとり暮らししてんの、とか、子どもどこにおんの、とか、いろいろ聞きたかったけど、黙っていた。美沙さんも黙っていた。

でも、黙っているのも逃げてるみたいで、子どもどこにおんの、とだけ聞いてみた。

大阪におるよ。

あ、そうなんや。

そう。

ひとりで暮らしてはんの
うん、そうだと思う。和歌山から大阪に来て、大阪でその子を生んで。ずっと二人っきりで生活してた。福島に長屋の一部屋借りてな。我孫子に来る、ずっと前。

もうその福島の家には誰もおらんの？

うん、誰もおらん。賃貸やったし、もう誰か住んでるんちゃうかな。それか、古い長屋やったから、もう建て替わってるかも。

そうなん。

福島。福島ていうか、福島と野田のあいだぐらいやな。……古い長屋でな。家から環状線の線路が見えてんねん。いっつも子どもが朝学校行くとき、オレンジ色の電車が見えてる。なかに人、いっぱい乗ってんねん。みんなどこ行くんやろて思って見てた。

子どもっていまいくつなん？

もう大人。ハタチは超えてる。と思う。

そうなんや。

そうなんやしか言うことがなくて、しばらく黙っていた。

そうなんや。

我孫子町のマクドの二階は、夕方になって、地元の中学生と小学生でいっぱいになった。みんな携帯を見ながら遊んだり、だべったり、店のテーブルの上にだらしなく寝そべったり、堂々と床で寝たり、マクドの店のなかなのに、好き勝手なことをしている。すみっこではアニメとか漫画とかゲームとかが好きそうな、大人しそうな男子のグループがいて、無言で小さなゲーム機でゲームしながら、真ん中のテーブルを占領している派手な女子たちのことをちらちらと見ている。

こんな子どもたちより、よっぽど大きな子がいるんやな、と思う。

娘？　息子？

娘。子どものときはかわいらしい、かわいいかわいい子やったけどな、いまはもう、どうかしらんけど。きれいになってんちゃうかな。

会ってないんや。

うん、もう、何年会うてへんかな。

そうなんや。

美沙さんに似てきれいやろなと思うけど、言わない。マクドの二階のフロアから、窓の外を見ている。すっぴんで、皺やシミがあって、色が白くて、心配になるほど痩せてて、ほんとうにきれいやなと思う。

猫もおってん。

そうなんや。

たくさんおった。半分ぐらい外飼いなんやけど。

ああ、昔ってそうやったよな。

うん。猫、おった。何匹おったかな。

そんなにたくさんおったんや。

私スナックで働いとったんやけど、そうするといつも夜おらんやんか。

うん。

せやからカレーとかおでんとか作り置きしてな、あんときまだ十歳とかやったわ。娘ひとり置いてな、飲み屋でおっさんの世話するねん。

美沙さんは一瞬黙った。俺たち自体が飲み屋で知り合ってたから、ちょっと気まずくなったのかなと思って、俺はそうやな、おっさんの世話大変やんなとわざと笑った。

美沙さんもすこし笑った。それでな、夜遅くに帰るんやけどな、娘が布団に入ってくるねん。せっまいせまい、シングルの布団。でな、猫も一緒に入ってくるねん。

夜遅くに帰ってくる私の体は冷たくて、でも娘も猫もそんなことおかまいなしに、がんがん入ってきよんねん。子どもの体温って熱いやんか。

あ、そうなんや。

あの体温がな。

匂いと、体温と。私の冷たい足にあたる、あの子の温かい足。大人になると足冷えるやんか。でもあの子の足、めっちゃぬくいねん。あの足。

しばらく黙って、ふたりで、マクドの席をまるで放課後の教室みたいにわがもの顔で占領する小学生や中学生たちを見る。

みんな我孫子町で生まれて、ここで育ったんだなと思う。季節は冬になっていて、もう年末で、日が落ちるのが早くて、そろそろ暗くなってきている。みんな自転車に乗って、マフラーを巻いて、マクドから出てじゃあねって言いながら、それぞれの方向に散らばって、帰っていくんだろう。

せまい団地の家に着くと、そのへんにかばんを放り出し、散らかったリビングの部屋の真ん中にある大きなコタツに足を突っ込むと、あとは携帯を手から離さない。あんた何やってんの宿題はええんか、とか何とか、おかんがうるさくいうのに生返事して、韓国のアイドルの動画を夢中になってみたり、友だちから来るややこしいメッセージに返事をしようかどうしようか迷ったりしているんだろう。

そのうち高校受験が始まり、またにぎやかな高校生活が三年間続き、それにも終わりが来て、就職したり、フリーターになったり、大学に入ったり、専門学校に入ったり、短大に入ったりしていくんだろう。そういうのを一切見ないまま俺はここで暮らしている。

俺にも、遠い昔、寒い冬の日、安物のマフラーを巻いて、自転車に乗って学校や塾から帰る毎日があった。

玄関を開けると犬が飛びついてきて、俺はその雑種の犬が大好きで、かばんやマフラーを放り投げたまま、その場で灰色のもじゃもじゃのその犬と抱き合って転げまわり、ごしごしと背中を掻き、二の腕を甘噛みされ、俺もそのお返しに尻尾を甘噛みしてやる、そういう日があった。

小学一年生のときだろうか。その雑種の犬は、母親がどこかのペットショップでたまたま見つけて、雑種だからか売れ残っていて、もうかなり体が大きくなっているのにせまいせまいプラスチックの透明のケージに入れられたままで、無感情で無表情な目で母親を見つめていたらしい。

値札にはもう、無料ですと書かれていて、どうしてペットショップであんな雑種の、すでに成長してしまった犬が売られていたのかわからないけど、さいきんは雑種のことをミックスと言ったり、それはそれでファンがいるのだろう。でもその子はただの灰色の、テリアと柴犬の汚い雑種で、もうなかば大人になってしまって、ケージのなかではまっすぐ寝ることもできず、不自然なほど体を曲げて、透明なプラスチックの扉から、ただ黙って外を眺めていたらしい。

その場で母親はその犬を引き取ることを決めた。無料ですと言われたのだが、むりやり一万円置いてきた。この子はゴミやないんやから、一万円だけ置いてきたわ。母親はそう言っていた。トイレのしつけも何もできていない彼女を連れて帰ると、粗相をされてもいいように玄関に段ボール箱と古い毛布で寝床を作ってやった。でも俺は夜中にこっそりリードを外してやると、彼女は俺のベッドのなかに入ってきて、とても臭かったけど、まだ小学校一年生だった俺は、独り寝の布団のなかに大きなどうぶつが入ってきてくれたのがうれしくてうれしくて、ひとしきり甘嚙みをされたりしたりしたあとで、彼女と親友になる約束をして、ふたりでぐっすりと眠った。

言葉を使わずに、ただ目を見るだけで、あるいは匂いをかぐだけで、俺たちは仲良く会話をしていた。俺は彼女が靴下を獲物がわりにして遊びたいとか、お腹が減ったけどドッグフードじゃなくていまみんなが食べてるたこ焼きが欲しいとか、遠くで鳴ってる花火の音が何かわからなくて怖いとか、いま何を考えて感じてるかすべてわかった。テレビも見飽きて暇で暇で、ほんとうに何もやることがなくなったとき、俺はよく壁の一点を見つめて、どれくらい目をそらさないでいられるかというひとり遊びをしていたのだが、そんなときも彼女は横にくっついて座って、一緒にそのゲームに付き合ってくれた。

いまから思い返しても、実家のことは、犬のことしか思い出せない。

もう大きくなりかけてるといってもまだまだ若い犬で、中身はやんちゃな子犬とおなじで、たぶんこれはずっと長いこと誰とも喋らずにケージに閉じ込められていたせいだと思う。

とにかく、体はわりと大きいのにやることがすべて子犬で、トイレのしつけもながいことかかったし、しょっちゅう畳の部屋やベッドの上で粗相してた。でも不思議なことに俺の家族は誰も本気で叱るものがいなかった。こら、とか、だめやろ、とか言ったり、ときには軽く頭を叩くことはあっても、母親も父親も姉もみんな、彼女には甘かったと思う。

十歳上の姉は会社の上司と長い間不倫をしていて、最後には相手の家族に発覚して破綻し、上司は離婚したらしいのだが、姉はさっさと上司も会社も捨てて、だれかよく知らない男と一緒になって東京だか横浜だか、どこかあっちのほうに去っていって、それから誰も連絡を取ってない。あれから俺の家族はいちどバラバラになりかけたのだが、犬がいてくれたおかげでなんとか家族の形を保っていた。犬は残された家族にあいかわらず溺愛されていて、しずかに歳をとり、ある朝起きたら、もう動かなくなっていた。

あんなに泣いたことはなかったし、これからもないだろうと思う。姉がいなくなり、犬もいなくなり、そのあと俺たちの家族はふたたびバラバラになり、こんどは本当に消滅した。何があったというわけでもなく、父親は製図会社を経営していて、母親はデザイン関係の会社で長いこと働いていていて、それぞれに収入があり、だから他人になるのは簡単だった。家族も自然消滅することがある。いまだに、母や父に関する記憶がほとんどない。俺は家を出て下宿をして大学に進学すると、ジャズにハマり、大学を中退して、関西でほそぼそと音楽で飯を食っている。週末の北新地での、肩や胸を露出した女の子の歌の伴奏と、週に三日通っている、難波の小さな老舗の楽器屋での雇われ講師で、だいたい二十万ちょっとぐらいにはなり、いちおうそれで飯は食えている。

マクドの二階でたむろする小学生や中学生を見ていると、まるで自分を見てるみたいだったし、あるいは俺も結婚して子どもができていたら、こんなガキが家に帰ってきて、ただいまとかおかえりとか、そういう会話をしていたのかもしれない。

俺にはもう家族もいないし、結婚もしないし子どもも作らないだろうし、そう思うと宇宙の真空から生まれて真空に帰っていくような、寂しくて自由で解放的な感じがする。

誰もいない部屋のなかで、ひとり窓際に座って、窓の外を見る。雨が降っている。三階の窓から見下ろすと、バス通りにたくさんの傘をさしたひとや、ワイパーをふりながら通り過ぎる車がいて、ここはそれなりに賑やかな街だが、すぐそこの大和川を渡るともうそこは堺で、ここは大阪市のいちばん南の外れの、どんづまりのどんつきの街だ。

愛用している安物の古いオリエンテのウッドベースを立てると、かるくチューニングをする。もう長いこと使い続けている、安物の弓の毛に松ヤニをうすく塗り、右の手のひらを上に向けるジャーマンスタイルで弓を持ち、開放弦に軽く押し当てて、肩の力を抜くと、弓は自然に弦の上をすべり、低いEとAの音が鳴る。左手を添えて、いちばん低いFから、メジャースケールで1音ずつ上がっていく。

上のFにたどり着くと、そのままG弦上のFスケールをさらに上がっていく。二つ上のFは、ほとんどネックの付け根のところにある。左手の小指で二つ上のFの音を出すと、左手の親指も使いながら、どんどん高い音程に上がっていく。G、A、B♭、C……。もっと上のD、そしてE。最後に、いちばん高いFへ。

ハーモニクスが混じるオクターブ上のGの音から上がっていくにつれて、コントラバスの音はだんだん人の声に近づいていく。

人の声っていうより、鯨の歌みたいやな。

美沙さんが俺の練習を聴きながらぽつりと呟いた。

美沙さんは上半身裸でベッドに入ったまま、タオルケットを顔の半分までかぶって、俺がコントラバスの練習をするのを、聴くということもなく聴いている。そういえば美沙さんは、はっきりした用事のあるときしか携帯を見ない。いまはただ、タオルケットをかぶって、こちらを見ている。

何もしない、ということができるひとなんだな、と思う。

鯨の歌に似てるかな。

似てる。

聞いたことあるん？

ない。

ははは。何やそれ
ふふふ。でも似てると思う。
形ちゃうん。
あ、ほんまや！　ウッドベースって、鯨に似てるな。
そうやな。でかいしな。
でかいな。最初ここで見たときびっくりしたわ。
びっくりしとったな。
うん。
人間が運べるギリギリ最大のサイズの楽器かもしれんな。
そうなんや。
そうやな。
もっとでかい楽器ってあるん？
ピアノとか？
ほんまやな。ピアノ運べんよな。
指で弾いてるとそんなことないけど、弓で弾くと鯨っぽいかもしれんな。
うん。海の底で、鯨の歌聞いてるみたい。
鯨の歌ってどんなんかな。

俺はコントラバスを横にして床に置いて、タブレットを持ってベッドの美沙さんの隣にすべりこんだ。

ふたりで仰向けになって、鯨の歌の動画を検索する。

出てきた、これちゃう
これかな。

これやな。

鯨ってでかいな。

はははは。そのまんまやな。

でも、おっきいな。

うん。

歌ってる
歌ってるな。

こんな声やねんな
こんな声やねんなあ。

わりとあれやな、キー高いな。

うん、むしろ甲高いな
思ったよりずっと高い音だったので、なぜだか俺たちは笑えてきて、タオルケットをかぶって笑った。

俺はもういちどベッドから出るとコントラバスを立てて、ハイポジションで弓をあてて、動画に合わせて鯨の歌の真似をした。

似てる似てる。

美沙さんはまた笑った。

いつか本物聞きたいな。

そやな。

でも本物聞いたときに、ウッドベースに似てるって言うんやろな。

そやな。

タブレットの画面の深く青い海に、巨大な灰色の鯨が泳いでいて、いちど大きく身をくねらすと、全身から泡を出しながらゆっくりと沈んでいった。無限の、暗い海の底に。

連れてってくれ。俺を連れていってくれ。

俺はウッドベースを寝かせると、美沙さんの枕元に腰掛けた。タオルケットから目だけを出してる美沙さんを見る。目尻に皺が寄っている。寝乱れた髪の毛に触り、頭を撫でる。そして、そろそろ消えていく頃だと思った。

またいつものように、美沙さんの輪郭がぼやけて、色が薄くなっていく。美沙さんは鯨の歌のことで、なにか喋ってるけど、だんだん聞こえなくなってきて、もう何を言っているかわからなくなっている。

一分ぐらい経つと、美沙さんはベッドから完全に消えた。枕にはまだ凹みが残っている。甘く苦いような体臭も。

でも、頭のなかには、美沙さんが帰っていくときの記憶が残っている。鯨の歌を聞いてみたいな、どこに行けば聞けるんかな、そこに行けることあるんかな、がんばって働いてお金貯めなな、と言いながら、ユニクロとGUの服をゆっくりと身につけて、じゃあ明日も昼からバイトやし、帰るわと言って、いつものように俺の髪の毛のなかに指を突っ込んで頭を掻きあげて、そして玄関でクロックスをつっかけて、俺の部屋から出ていった。あの指の感覚がいつまでも残っている。

でも、いま美沙さんがいなくなったベッドをひとりで見ていると、さっきまでそこにいたのに、急にいなくなったような気がする。ひとって、消えるんだなと思う。美沙さんだけじゃないかもしれない。みんな消えるんだな。

夜の八時になっている。ベッドのなかに美沙さんがいる。じっと顔を見ていると、何見てんのよと言われる。

いや、じっと見てないと、いつのまにかいなくなりそうで。

ならへんよ。

よかった。

何言うてんの。

いや別に。

あのな、
うん
あしたの昼間のバイト、休むわ。泊まってってていい？

たまにセックスもして、なんとなく付き合う感じになっていて、美沙さんのワンルームも俺の家の近所だったけど、泊まっていったことはなかった。いつも、昼のバイトも時間早いし、そのあとドミンゴで夜のバイトもあるからと、遅くなってもいつも必ず帰っていて、朝まで俺の家で一緒にいたことがなかった。泊まっていくと言い出したのはそれが初めてだった。俺は学生のときにできた最初の彼女が最初に泊まっていったときのように嬉しかった。

まだ八時だった。もうすぐ終わるはずだった夜が、急に何倍もの長さに伸びた。

まだ八時だった。いつもは九時ごろには終わる夜が、十一時になっても、十二時になっても、二時になっても、まだまだ続くことになった。

潜っても潜っても、まだまだ底にはつかない。

なんか食べにいこか。

うん、そやな。

腹減ったな。

腹減った。
せっかくやし焼肉いこか。
いや、せっかくすぎるなそれ！　いこか。
たまにはいこか。
いこいこ。どこいこ
家族亭？
やっぱりこのへんだとあそこがいちばんうまいよな
あそこ最強やんなあ。
ちょっと遠いけどな。
ちょっと遠いな。
あったかいかっこしていこ。なんか貸して
俺のパーカー着てってええよ
パーカー二枚も着るん？
だってあったかいかっこ貸してってって言うから
おかしいやろ、パーカー二枚も着るん。
そうかな。
いや、やっぱり貸して。

なんやねん。

ありがと、あったかいわ。

でも素足にクロックス寒そうやなちょっと。

だいじょぶ。靴下持ってるし
あ、持ってたん靴下。

あびこ中央の百均で買ってん。もこもこしててぬくいで。

よかった。

ほないこか。

部屋を出るとすこし肌寒い。国道に出ると車がたくさん行き交っていて、金色の目の流れと、赤い目の流れがあって、あれはみんなどこから来て、どこへ行くんだろう。

家族亭は、我孫子町から大和川のほうに向かう細い路地の途中にある、ふつうの民家みたいなところでやってる焼肉屋だ。俺たちは店に着くまでのあいだ、黙って手をつないで暗い路地を歩いた。

街灯がぽつり、ぽつりと続く。九時か、もう十時ごろか。路地の両側に、小さな古い家やアパートがつながる。街灯を反射して銀色に光る、汚い木造の家、小さな駐車場、文化住宅、つぶれた薬屋の角に佇む、錆びた電池の自販機。二階の窓から洗濯物が、言葉もなくぶら下がっている。でこぼこしたいろんな形の影が通り過ぎていく。小さな家や、アパートや、駐車場や、文化住宅や、ワンルームマンションが並んでいて、ひとつひとつが音符みたいだなと思う。その横を俺たちは無言で通り過ぎる。

　大和川に近づいていくにしたがって電灯が減り、どんどんあたりが暗くなっていく。狭い道のずっと奥のほうに、ひとつだけ赤い灯りがともっている。徐々に焼肉の匂いがしてくる。

　このへんの家のひとは毎日ずっとこの匂いしてんのかな。

　ほんまやな。でももう慣れてんちゃう
　お腹減ってしゃあないな。

　な。

　家族亭と書かれたのれんをくぐって中に入る。とつぜん明るくなって、いい匂いがして、賑やかな音が聞こえる。それまで静かな寂しい真っ暗な夜道を黙って歩いてきたので、美沙さんの顔を見るのがなんだか照れくさい。

　瓶ビールを注文する。ジョッキの生ビールよりも、瓶ビールを小さなグラスに少しずつ注いで、泡と一緒にひとくちずつゆっくり飲むのが好きだ。最初は生ビールを頼んでいた美沙さんも、グラスをもうひとつ頼んで、二杯めからは俺に付き合って瓶ビールをちびちびとゆっくり飲んでいる。黒い鉄網の上で赤身の肉がすこしずつ焦げつき、白いホルモンが丸まっていく。

しばらく俺たちは黙って食べ続ける。無理して喋らなくていいんだな、と思う。会話をせずに食べる、ということが、二人でいることの特権みたいに思えてくる。

俺は、美沙さんの側にあった焦げた肉を俺の皿に入れて、自分のほうにあったちょうど食べごろのミノを美沙さんのほうに寄せる。美沙さんは、肉を焼く火でビール瓶が温まらないように、グリルから遠ざける。

美沙さんは黙って笑う。賑やかな音。肉の焼ける音、テレビの音、換気扇の音。家族連れが笑いながら喧嘩する声、店員たちのテンションの高い声。

焼肉ってうまいよな。

おいしいな、焼肉。なんかひっさしぶりに食べたわ。スナックやってる頃は、仕事終わってからようお客さんと行ってたけどな。

そうなん。

うん。よう行ってた。店の近所に、二時ごろまでやってる焼肉屋があってな。そんな、やっすい、まずいってこともないけどそんなに美味しないとこで、まあ普通のとこ。遅くまでやってたから、よう行ってたわ。

美味しくなかったん

ふふふふ。

あははは。そうなんか。

そう。

スナックは長いことしてたん？　野田のほうやったっけ？

そう、野田阪神。何年ぐらいやったかな。私な、暗いから、お客さんつけへんねん。わかるやろ
そんなことないやろ。

ううん、なんか。そんなんやった。

そうなん。

うん。

まあ、あんまりがーって喋るほうじゃないな
そやろ。そやから、最初はお客さんつくけど、そのうち来えへんくなるねん。

そうなんや
まあ、でもな、たまに仲良いおっさんもおってな。

うん。

それで、よう焼肉行ってたな。あのおっさんも元気かな
そういうの思うよな。いま何してんねやろ、とか。

いまみんな何してんねんやろ。

なあ。

なんかでも、私あんまよう喋らんから、やっぱたぶん水商売向いてないんと思うわ。
そんなことないと思うけどな。昔からそうやったん？　子どものころから？
たぶん。わりと。
そうか。
うん。
なんか俺、美沙さんのこと何にも知らんな。
ふふふ、知らんでええよ
どんな子やったん？
うーん。なんかおとなしい。おとなしいっていうか、友だちはまあ、おるけど、
うん、
なんか、おったやろ。普通の子。そんな感じやったな。普通の子やったわ。
普通の子ってどんなんや
なんか、良くも悪くもなく。勉強も真ん中ぐらいで。
ああ。
そんな感じ。友だちもまあ、おるけど、クラス替えしたらもう遊ばへん、みたいな。
そうかー。
なんかでもな、手芸とか、そういう手を動かすことは好きやったかな。

そうなんや。

リリアンってわかる？

リリアン？　誰かの名前？

ちゃうちゃう。あはははは。リリヤンかな。正式にはリリヤンかな。うちらリリアン言うとったけどな。

リリアンって何

なんかな、こういう、ほっそいプラスチックの棒みたいな、なかが空洞の、ふっといストローとかちくわみたいなんがあるねん。

うん。

それをこう、手に持ってな、その口んとこに、毛糸巻くねん。ほんで、言葉で言うの難しいな。こうやってな、棒で、その毛糸を編んでいくねん。

編み物か。

そやねん。編み物やねん。

なんかそれって、セーターとか編むやつじゃなくて、下から細い紐みたいなんが出てくるやつ？

そう！　知ってたん？　あれいま考えたら謎やねん、ずっと紐作っててん。あれ組紐とかにするねんけど、でもやっぱり紐やねん。いまから考えたら、なんで延々と紐作ってたんやろと思う。なんか編み物したいけど難しいことはできへんし、簡単で楽しかってん。いろんなきれいな糸使うてな。

ああ、なんか、

うん

そうか、あれリリアンっていうんや。

リリアン。なつかしい

あのさあ、

うん

あれ、じゃあ、あれリリアンやってんな。

何が。

俺は小学校五年生のときのことを思い出していた。

クラスに、ひとりの女子がいて、みんなから嫌われて、無視されていた。虫というあだ名で呼ばれていた。太った、いつも汚い服を着た子で、勉強にまったくついていけなくて、性格も悪く、みんながその子を避けていた。

俺は小さいときから本が好きだったから、ずっと小学校では図書委員をしていた。あるとき、帰りの会で、今日は『ドリトル先生』の読書会をしよう、と提案した。犬や猫と自由に話ができるドリトル先生が好きだったのだ。

読書会といっても、みんなでコーラを飲んでお菓子を食べながら最初の数ページを読んだら、あとは結局ゲーム大会になるに決まっていたが、普通に親友たちと集まって普通に遊ぶよりも、「読書会」というものを開催するほうがなんとなくかっこいいし、それからそれを帰りの会でわざわざ提案するっていうことも、どこかおとなっぽいと思った。あらかじめ何人かの親友たちの都合を聞いて、今日ならええよ、ということになっていた。

俺がその提案をクラスのみんなの前でしたとき、いちばん最初に口を開いたのが虫だった。彼女は言った。私も行ってええの?

クラスのみんなは凍りついた。

その瞬間に、読書会は中止になることが決定したようなものだった。誰ひとり、俺の家まで遊びにくるやつはいないだろう。

でも、その場でまさかお前だけは来るなとも言えなかった。

俺は仕方なく、黙ってうなずいた。

虫も黙って、いつまでも俺の目を見ていた。

俺はずっしりと重い気分で家までの道を歩いた。途中で汚い運河を渡る。そこに身投げしたい気分だった。

でもどうしても、お前は来るなとは言えなかったし、私も行っていいのと言われてうなずいてから、中止を宣言することもできなかった。

クラスの連中はみんなニヤニヤして俺を見ていた。

そして、やっぱり友だちは誰も来なかった。

時間に少し遅れて、玄関がピンポンと鳴った。開けてみると、そこに虫がひとりで立っていた。虫は黙って、唇を突き出して、下から見上げるように俺の顔を見ていた。ほんまに来たで。ほんまに家に入れてくれるの。そう問いかけているようだった。

虫は玄関につながれている犬をひとめ見ると、小さな声でかわいい、と言った。犬は虫を見上げてしっぽを振った。

俺は黙ったまま虫をなかに入れると、二階にあった自分の部屋じゃなくて、一階の和室に通した。小さな座卓があって、座布団を一枚だけ敷いていた。俺は虫をそこに座らせると、和室の引き戸を開けっ放しにして、黙ってそのまま階段を上がり、虫をひとりにしたまま、二階の自分の部屋にこもってしまった。

罪悪感と嫌悪感でいっぱいになり、俺はしばらく部屋のなかをうろうろと歩き回っていた。

三十分ぐらい経ったころ、俺はたまらない気分になって、そっと階段の上から下をのぞきこんだ。開けたままの引き戸の向こうに、和室のなかにひとりで座っている虫が見えた。

はじめて来たクラスの子の家の、誰も使ってない和室でひとりで放置された虫は、背中を丸めて、胸の前で両手を動かしていた。

左手に握った小さな筒の下から、きれいなピンク色の紐が出ていた。

俺は怖くなって、すぐにまた自分の部屋に閉じこもって、ベッドの上で漫画を読んで時間をつぶした。一時間ぐらい経ったころだろうか、おそるおそるもういちど階段の上から一階の和室を覗いたら、もうそこには誰もいなかった。

そうか、あれリリアンっていうんや。

うん、そやな。たぶんそれ、リリアンやな。女の子はみんなやってたと思う。でもうちらと十歳ぐらい世代が違うのにな。まだそのときでもやってたんやなリリアン。

そうやな。

肉、焦げるで。

あ、ほんまや
ほら。

ありがとう。たまに思い出すねん。あの場面。

うん
あの、誰もいない、知らんひとの家の、暗い部屋にいきなりひとりで座らされてな。

うん。

そのままその家のやつはどっか行ってまうし。俺だけど。

そやな。

そうか、あれリリアンいうとったような気がするな、確かに。女子たちが。

うん。

リリアンいうとったような気がするな、確かに。女子たちが。


俺は目の前で焼けていく肉に箸もつけずに、ただ黙ってひとくちビールを飲んだ。賑やかで明るくて、おいしそうな匂いの煙がもうもうとしていた店から一歩出ると、外は暗くてすこし肌寒くて静かでびっくりした。呼吸をすると、口から体温や声が奪われた。おなかがいっぱいで、暗くて寒くて静かで、道の両側には小さな銀色の灯りがまばらに連なっている。

俺はまた照れ臭くて気まずくて恥ずかしくなって、でもやっぱりうれしくて、歩きながら美沙さんの手を取る。

美沙さんは自分のパーカーの上から俺のパーカーを重ねて着ている。着膨れしていても細いなと思う。

部屋に入るとそのままベッドに倒れこんだ。おなかがいっぱいで、何もする気にならない。俺たちはただ、電気もつけない真っ暗な部屋の、小さなシングルのベッドに並んで横になった。髪の毛が煙くさくて、口のなかが脂でいっぱいで、はやく歯を磨いて風呂に入りたかったけど、別にもうどうでもええわという気分だった。同じように煙臭い美沙さんの髪が隣にあって、女の匂いと焦げた肉の匂いが混ざって、もうほかに何も要らないと思った。

下の道路を通り過ぎる車のヘッドライトが部屋の中に入ってきて、その四角い光が、真っ黒な天井を横切っていく。切り取られた外の世界。しばらく黙って天井を見つめる。ビールの軽い酔いがだんだんと冷めていく。

泊まっていってくれることがうれしい。

どうしてこんなにうれしいんだろう。

俺も美沙さんも、もういい歳で、家族や子どもがいたっておかしくないのに、こうやってまるで学生みたいに、狭いマンションの部屋でふたりっきりで黙って横になっている。

美沙さんの薄い胸が呼吸している。

あのな、
うん。

もっかいリリアンの話して。

なんで
ええから。

なんでよ
ええから。

俺はもういちど最初から同じ話をした。美沙さんは体をこちらに向けて黙って聞いている。月の出ていない暗い夜で、顔は見えない。

……で、二階の踊り場から身を乗り出して、下の和室を覗き込んだら、なんかやってるねん。両手を胸の前で合わせて、なんか動かしててんやんか。よく見ると小さい筒みたいなものを持って、ピンク色の糸で何か編んどってな。下からピンク色の紐みたいなんが出ててん。

そうなん。

だからあれがリリアンやってんな。

そやな。

なんかな、

うん

そんなにめっちゃ罪悪感で、とかでもないんやけど、なんかよう思い出すねん。

うん。

どういう気持ちやってんやろ、て。

最初はうれしかったやろな。

そやねん。そやろ。そうそう。たぶん、それまで一度も、友だちっていうものと遊んだことなかったと思うねんやんか。

せやろな。

せやねん。で、そんときたぶん、あいつからするとすごい勇気出して言うたんやろな。私も行っていい？って。ひょっとして、いま私、生まれてはじめて友だちができるんちゃうか、そのチャンスなんちゃうかって思ったかもしれんな。

そうやなあ。

でな、たぶんすごいどきどきしながら、うれしいような、怖いような、でも大半がやっぱり怖いような、そんな気持ちで、あの川渡ったんやと思うねん。

川？

そいつが住んでるところからうちに来るときに、小さい川があんねん。そこ渡るねん。俺も学校行くときとか街に出るときとか、ぜったいその橋渡ってってんけど。

そうなん
その橋渡らんとうち来られへんねん。街のはずれにあってな。小さい川っていうか、運河やな。両側コンクリートの、灰色の、草いっぽんも生えてない堤防でな。その上は一方通行の車道になってて。

うん
なんか死の世界。運河の水もな、もうな、いつも真っ黒でな。魚なんかおらへん。ほんまに工業廃水っていうか、もう、真っ黒の運河。

そこ、いつも渡ってたんやな。

それが俺の家と、街をつないどってん、その橋が。

その子も、そこ渡ったんやな。

そやな。そこ渡らんとうち来られへんからな。

どういう気持ちやったんかな。

どういう気持ちやったんかなって思う。

そやな。

それでな、勇気出してうち来たやん。そしたらな、俺はものも言わんと部屋に引っ込んでまうわ、クラスのやつ誰も来えへんわ、ぜんぜん知らんはじめて来た他人の家の暗い和室で、たったひとりきりで放っとかれてな。

そやなあ。

どういう気持ちやったやろなあ。

どういう気持ちやったやろな。

黒い運河の、その水面にな、
うん、
いつも陽の光があたって、きらきらしとってん。

そうなん。

子どものころのこととか、自分の実家のことを思い出すと、いつもあのきらきらが浮かぶねん。汚い、真っ黒な水に、陽の光が反射して、きらきら、きらきらしててん。きれいやな。

きれいかわからんけどな。でも、きらきらしとった。

きらきらしとってんな。

きらきらしとった。

あのな、

うん、

私はな、

うん

淀川がきらきらしてるところが、いつも浮かぶねん。

そうなん。淀川きれいやん

そやねんけども。まあ、その運河と比べたら魚もおるしな、きれいやわな。

淀川きれいやで

そやな

きれいやし、広いし。

広いなあ

なんであんな広いんやろな。大阪って、ほんまに街中にあんな大きな、海みたいな川があって、変やんな。
ふふふ、変ってことはないけどな。
河川敷とか、広いし。俺好きやなあ淀川。
私はな、
うん、
淀川よう行かんねん。
うそ、なんで
ほんま。よう行かん。いや、電車でしょっちゅう渡るけど。その、河川敷にはよう行かんねん。
めっちゃきれいやん。こんど行こうや、ビール持って
いやや、よう行かん。
どしたん。なんで
あのな、
うん
娘おる言うたやんか。
うん。

おらんねん。
え？
おらんねん
嘘やったん？
嘘ちゃうねん
ほな何。
あのな、
うん、
十歳のときにな。
うん
淀川でな。友だちと遊んでて。河川敷の、めっちゃはしっこのほうに行ってな。たぶん土やと思ったところが、草やったか何かで、そのまま足すべらしたか、沈んだかなんかして。
うん。
あんまり覚えてへんねんけども。
そのときのこと？
あんまり思い出されへん。

それいつの話。
十年ぐらい経つかな。もうちょい前かな。十年ぐらい前かなあ。
そうやったんや。
ごめんな、なんか。
いや、
ほんでそんときにな、
うん、
あの子の背中が、きらきらしとってん。
背中が？
背中が。
背中が？
うつ伏せにな、
ああ……。
もうほんまに、浅っさいとこやってん。子どもって、あんなとこでも溺れるねんな。もうほんまに、立とうと思ったら立てたんちゃうかっていうぐらい、浅いとこやった。
へええ
そやねん。なんか警察のひといっぱいおった。電話かかってきたんやったかな。もうあんまり、ほとんど思い出されへんけど。忘れていくな。こんな大事なことやけどな。

忘れるんやな

忘れていくな。

そっか。

でな、なんか電話かかってきたんやったかな。家で寝てたから、昼間か、夕方やな。夕方かな。ほんで、いそいで淀川の河川敷まで行って。あ、警察が迎えに来たんやったかな。

うん。

なんか、警察ってみんな、ジャンパー着てるよな。

ジャンパー?

なんか警察の制服じゃなくて、ジャンパー着てた。

それ鑑識かな。

警察とまたちゃうん?

ん、警察の一部っていうか。知らんけど。刑事かな。

刑事と警官ってちゃうんかな

たぶんな。ほんで。

ほんでな、警察のひとに連れられて。制服の普通の警官やったな。制服の。河川敷。堤防のところまで車で行って。タクシー停めて。あタクシーちゃうパトカー。

タクシーて

あはははは。タクシーて。パトカーやパトカー。でな、堤防の階段を登っていくんやんか。

うん。

コンクリートのな、急な階段を。なんか普通やなって思った。

普通？

ぜんぜん、そのパトカーと、警官と、私しかおらへんの。そんな、いちおう事件は事件やのに、あ、事故か。

どっちでもええよ。

なのに、なんか、誰もおらへんねやんか。

ああ

静かやし。風が吹いてて……。

……。

私が先に立って堤防の階段登っててん。ゆっくり。なんか、話はもう聞いててんやんか。娘さんがどうのこうの、って。一緒におった男の子が、必死で走って、河川敷から街に戻って、そこの通りすがりの大人のひとに頼んで、救急車呼んでもろたんやて。

そうなん

で、その男の子の話から、おたくの娘さんですね、っていうことになって。

おんなじクラスの子やってんな
ううん、その子はまた別の小学校の子やってんけど。でももう名前も家も知ってるし。

ああそうか。

だから、堤防の階段登ってるときはもう、なんか信じられへんっていうか。あんまり静かやし、風も穏やかに吹いてるし、いっしょにおる警官もなんか黙ってるし。

うん。

ゆっくり階段登っていって、で、上まで行ったら、すごい空が広かった。

そうやな。淀川の河川敷、広いよな。

なんであんなに広いんやろな。

広いな
でもな、その向こうのほう、川の、岸のほうにな、黄色いテープが張ってあるところがあって。そこまで河川敷のなかを歩いていったら、ひとがいっぱいおった。

ああ
みんなジャンパー着とった。

ジャンパーか
なあ、あれ、何？　あのジャンパー、何やの？

何て
あれも制服なん?
うん
なあ、こっちはな。そういう電話かかってきてな、パトカー乗ってな。
うん。
パトカー乗ってんで。私。パトカー乗ってな。
うん
あれ、最初で最後やと思うねんか。パトカー乗るの。堤防の端につけてな。停めてな。
うん
みんななんか変な帽子かぶってな、みんなジャンパー着てんねん。
うん。
私な、ジャージやってん。寝てたから。
そうなんや
なんでこんなふざけたかっこしてんねんやろ、って思ったん。思った。私はな、スナック行く前やったから、寝とったから、ジャージでもええやんか。でもな、お前らは仕事なんやろって。ちゃんとしたカッコしてこいて。寝ててん。そしたら娘がな。娘さんが、っていう電話かかってきてな。スナック行く前や。電話かかってきてな、警官迎えに来て。

タクシーちゃう、パトカー。
はい、ティッシュ
ありがと。
だいじょぶ？
大丈夫、ありがとう。なんかごめんな
ごめんて何
いや、せっかく一緒やのに。
いや、ええから。ええよ。なんかこっちこそごめん
何がよ
なんか、うんとか、そうなんやしか言われへん。
ええよ。
ええか。
そっちのほうがいい。
そうか。
なんか、こんなん初めてひとにゆうた。
初めてやったんや
まあ初めてちゃうけど、でも初めて。

詳しく喋ったのが？
そう。
続き、聞いてええかな。
あのな、でな。ここですって言われて。ここです。あ！
どしたん
あ。なんか思い出してきた。
うん
背中ちゃうな。
きらきらが？
そんなわけないわ。そうか。そうやわ。
そうなん
だってあの子、引き上げられとったもん。
あ、そうか
そらそうやわな。通報されて、あんなけ救急車とか警官とかいっぱいおるのに、沈んだそのままってことはないわな。
あ、なるほどな
そうか。だから背中がきらきらしてたんて、あとから私が想像してたんかな。

そうかもな。そういうことあるよな。

なんか、そうやな。でもな、なんか、そうやなあ。

うん
ブルーシートの下になってたな。下にあった、あの子の足が。

そうか……。

うーん、ぜんぶ思い出せそうな感じ、さっきしたんやけど。

無理して思い出さんでもええで全部。

ふふふ、ありがとう。やさしいな。

いやいや……。

でも何やってんやろ、ほんまに私の想像やったんやろか。

背中のきらきらが？

あの子のな、そんとき穿いてたジャンパースカートとかな。あ、またジャンパーやな。

またジャンパーやな。

あはははは。そのジャンパーちゃうけどな。うん、あの子の、焦げ茶色のジャンパースカートやったな。コーデュロイの。

コーデュロイ。

私が子どものときはコール天いうとったけどな。なんかでもな、ちょうど昼過ぎか夕方で、日が傾いててな。淀川の水面に、きらきらて。

きらきらしとったんやな。

しとった。うつ伏せになってな、焦げ茶色のスカートがゆらゆらしてな。水草と。髪の毛がな、おかっぱの髪の毛がな。でもあれ私の想像やってんな。

無理すんな。ほらティッシュ。もっかい鼻かみ
ありがと。ごめんごめん。

淀川の水の底から、水面を見上げる。水面の向こうに、美沙さんと、制服のおとなしい警察官と、ふざけたジャンパーを着た鑑識か刑事か警察官が、こちらを見下ろしていて、その顔がゆらゆらと波に揺れている。おかっぱの髪がひろがって、毛先がばらばらに勝手に揺れている。広がった腕の先の小さな手の指を、小さな銀色の魚がつつく。

水のなかでは、何もかもが揺れている。

思い出した。あれ、大晦日やったわ。三十日がスナックの最後の営業で、そのまま朝までお客さんと飲んで、三十一日は店もお休みで、だからそのままずっと寝てたんやわ。

美沙さんは壁のほうを向いていた。俺に背中を向けていた。肩が揺れている。水のなかじゃなくても、陸の上でもみんな揺れてるんだな。

俺たちはみんな揺れている。

電車のなかもみんな揺れている。乗客も、広告も、吊り革も、ゆらゆらと揺れていて、

水のなかにいるみたいだ。

動物園前で堺筋線に乗り換えて、北に向かう。演奏の仕事も、音楽教室の仕事もない平日の昼間。

あの夜、淀川の河川敷のほかにもいろんな話をして、いま何がいちばんしたい、っていう話になって、絶対あかんけどいっこだけやってみたいことがあるねん、という話になり、それはたぶんめっちゃあかんことでもないけど、見つかったら叱られるようなことで、でもどうしてもいっかいだけやってみたいと美沙さんが言った。

行こう。あしたはあかんねん、俺は昼過ぎから音楽教室の講師で夜はまた新地で伴奏やから、こんどまた行こう。来週の月か火あたり。ということになった。

ふたつのリュックに、薄手の毛布を小さく折りたたんでぎゅうぎゅうに詰め込んで、保温ポットに熱い紅茶をたっぷり入れて、あとは途中のコンビニでサンドイッチとおにぎりを買って、俺たちは我孫子町から地下鉄に乗った。

なんかこないしてお出かけするのも久しぶりやなあ。

ほんまやな。いっつも我孫子のどっかとか、俺の家とかやからな。

ひょっとしたらはじめてかもしれんな
ほんまやな。

美沙さんの横顔の、その白い肌に、金色の日差しが当たる。

堺筋線の電車が天六あたりから地上に出ると、昼過ぎの陽の光はずいぶんと傾いていて、西の窓からななめに差し込んでいる。電車は空いていて、ぱらぱらと座っている乗客たちの頭や肩に光が当たっている。ビルや電柱で光が遮られたりまた差し込んだりしている。乗客たちも、中吊り広告も、差し込む陽の光も、みんな揺れている。

電車が淀川を渡るとき、美沙さんは黙って窓の外を見ていた。

商店街に囲まれた淡路の駅を過ぎて、吹田、豊津、関大前も通り過ぎると、千里山のニュータウンが広がっている。もう四十年も五十年も前の、古い古いニュータウンだ。

電車の窓から斜めに差し込む光がきらきらしてるのをぼんやりと眺めているうちに、山田の駅に着く。ひさしぶりに来たら、再開発で立派な駅ビルができていて、様変わりしている。昔はどんな感じだったのかどうしても思い出せない。

俺も昔の彼女と何度か来たことがあった。美沙さんも子どものころから万博公園が大好きで、よくあの子も連れて一緒に来ていたと言っていた。

モノレールの万博記念公園駅でおりて正面入り口から入ると、巨大な太陽の塔が出迎えてくれるけど、阪急の山田駅から歩いて西口から入ると、太陽の塔は見えなくて、ただ森の中に小さな改札みたいな入り口があるだけだ。自動販売機で入場券を買って改札を通り過ぎて、陸橋を渡ると公園のなかに入る。森のなかにいきなり広い道が広がっていて、両側にはるか頭上に伸びる大木がずらりと並んでいる。タワマンの建築現場のクレーンとどっちが大きいかな。広い並木道が果てるところに大きな噴水がある。

立て看の地図を見ながら、どこか適当な場所を探す。万博公園の広大な自然文化園のどこかで、一七時すぎまで隠れるための場所を。

あの夜、美沙さんがいちどやってみたいと言ったのは、なにか高級なものを食べるとか、どこかに旅行に行くとかそういうことではなくて、一七時で閉まる万博の自然文化園のどこかに隠れてそのまま残り、星空を見ながらこっそりと一晩を過ごす、ということだった。

俺たちは、それまでの会話も忘れて大笑いした。それはお金がかからなくて、ささやかで、でもとてもヤバくて（見つかったらめっちゃ叱られるやろな、と美沙さんは笑った）、自由で孤独で贅沢な、すばらしいアイディアだと思えた。

秋も深まってきていたが、大げさな寝袋とかがなくても、すこし暖かい格好をして、毛布の一枚でもあればできそうだった。

まだまだ日は長く、一六時をかなり過ぎていたのに日差しは明るかった。平日の自然文化園には、遊びにくる人びともまばらだった。一七時で公園は閉鎖されます、お早めにお帰りください、のようなアナウンスが流れ、みんな少しずつ帰り支度をはじめていた。だんだんと人が減って、ますます静かになっていく。

寒ない？

うん、ぜんぜん大丈夫。

広い広い公園の、誰もいない森のなかの小さな道を歩く。そろそろ一七時が近づいてきて、日も傾いてきた。森も暗くなってくる。

目の前に巨大なやぐらのようなものが立っていた。ソラード、と看板に書いてあった。森のなかを歩くための長い木製の遊歩道で、地面から五メートルぐらいの高さがある。その終点に展望台のやぐらがある。暗い森のなかを歩いているうちに、いつのまにかその展望台のところまで来ていた。

ぶらぶらと歩いているあいだに閉園時間を過ぎていた。一七時になりました、みなさま退出してください。一七時になりました、みなさま退出してください。

俺も美沙さんも、嬉しくて不安で幸福で怖くて、見つからないように黙って静かにひたすら歩いた。

やぐらの足元から上を見上げる。登り口にある説明書には、一九メートルの高さ、と書いてある。

美沙さんが、あの一番上に登ったらどんな気分やろな、と言った。

いちばん上に行ってみよか。

行ってみたい。行きたい。

じゃ、あそこにしよう。

もうほとんど日は沈みかけていた。やぐらの中央をぐるぐると回る螺旋階段を登る。俺たちは手をつないで、荷物でぱんぱんになったリュックを背負い、頑丈な木材でできたソラードの展望台のやぐらを登っていく。

頂上に出た。広い。

はるか地平線のかなたにまで、万博公園の森がひろがっている。遠くに小さく、観覧車と太陽の塔。反対側に、大阪大学の吹田キャンパス。茨木や千里山のニュータウンや団地もかすかに見えている。千里中央の、廃墟のような高いビル。沈む直前の夕日が、展望台の頂上の、俺と美沙さんを真横から照らしていた。

広いな。

広い。

びっくりした。

初めて来た。

地球やな。

ほんまやな。地球やな。

美沙さん寒くない？

大丈夫。たくさん着てきた。スパッツ重ねばきしてるし。

よかった。

寒くない？

俺は大丈夫。暑がりやし。毛布持ってきたし。

でもここ、夜中は寒いかもな。頂上の吹きさらしやし。

ほんまやな。寒くなったらどこか行こうな。森のなかにたくさんベンチあるし。

私あったかい紅茶ポットに入れてきた。

まだええよ、もっと寒なってから飲も
下に自販機もあったよな。

あったあった。トイレも洗面もあるし。

なあ、ほんまに見つからんかな。

わからんな。まあ、見つかったら一緒に謝ろうな。

なんていって謝ったらええかな。

俺たちは展望台の頂上の、真ん中の柱にもたれて、手すりのむこうに沈んでいく夕日を眺めていた。

せやな、なんていって謝ろか。

ここの展望台の景色があんまりきれいで、ついうっかり？

そうやな、それほんまの話やな。

こんなに広いとは思わんかったな
見渡すかぎりの森やな。そのむこうに太陽の塔と、観覧車と、ビルと、大学と、みんな、あの森の向こうの、明かりのなかにいるんやな。
そうやな。みんなあそこで酒飲んだり飯食ったり、家に帰ったりしてるねんな。
こんなところで隠れてる二人がおって、見られてるとは思わんやろな
なんか子どもみたいやな。
こんないい歳して私ら何してんねやろな
はははは。ほんまほんま。でも子どものときってこんなことできへんかったよな。
そうやな。子どものときは、家に帰らなあかんからな。
紅茶もらっていい？
ええよええよ。飲んで。ちょっと砂糖入れ過ぎたかも。
おお、甘いの欲しかった、ちょうどいい
よかった。はい
ありがと。うまい
よかった。甘ない？
おいしいおいしい。
すっかり日が沈んでいて、遠くの茨木や千里中央の街の灯りが夜空をかすかに照らしている。まばらに星が出ている。月はない。
いつのまにかこんなに暗くなっていることにすこし驚いた。

お腹減ってへん？

俺はだいじょうぶやけど美沙さんは？

まだだいじょぶ。

展望台のいちばん上に座っているあいだ、俺たちはほとんど黙って、ただ夜の森と地平線と空を眺めていた。夜の暗さがどんどん暗くなっていく。

最初に美沙さんがこれをやりたいって言ったときは、なんて自由で素敵なアイディアだろうと思って、二人で笑いながら盛り上がったんだけど、実際にほんとうに万博公園に来て、真っ暗な展望台の上で夜になってみると、解放感や楽しさも感じるけど、むしろ怖くて不安で心細かった。

横になりたくなって、俺の毛布を床に敷いて、その上にふたりで横になり、美沙さんが持ってきた毛布をその上からかぶった。

寒くない？

だいじょうぶ。むしろ暑い
ははは。せやな。まだちょっと暑いぐらいやな。

うん。

一緒に一枚の毛布をかぶって、リュックを枕にして、二人でくっついて仰向けになると、暗い夜空に向かって落ちそうになる。海の底から水面を見上げているのか、それとも水面に浮かんで海の底を見下ろしているのだろうか。顔をくっつけて寝転んでいるけど、もうお互いの顔もほとんど見えない。

夜空がもっと暗くなる。

エキスポランドの遊園地が取り壊されたあとにできた巨大なショッピングセンターの明かりが消えた。ライトアップされていた太陽の塔や観覧車の明かりも消える。

遠くに見えていた阪大のキャンパスの明かりも、いっせいに消える。

千里中央や茨木のビルや団地の明かりも、少しずつ順番に消えていく。

ほんの少しだけまたたいていた星も、ひとつずつ消えていく。

世界から光が完全に消える。

俺は美沙さんの顔が見たくなったけど、真っ暗で何も見えない。左手で美沙さんの顔をそっと触る。

薄くて冷たい皮膚の下に、細くて硬い頬骨がある。

親指で鼻筋を撫でる。

眉間から伸びる骨が、鼻の途中で急に、やわらかい軟骨になる。

美沙さんも手を伸ばして、顔を撫でる俺の手を取って握る。

あ、ごめん、痛かった？

ううん、痛くない。だいじょぶ。

そっか、ごめん

ううん。

一瞬だけ、ふたりの脳がつながって、美沙さんのまぶたの裏側に映る風景が見えたような気がした。

一瞬だけ。

高い展望台の上を、ときどき柔らかい風が吹いて、まわりの大きな木の枝葉が揺れている。

なんか夜空に浮かんでるみたいやな。

ほんまやな。

遠くかすかに、中国自動車道を走るトラックや自動車の音が聞こえてくる。

毛布にくるまって、横向きに向きあって、お互いの顔を寄せて横になっている。

浮かんでるみたいやな。

うん。

俺は携帯を取り出した。真っ暗な夜空にぱっと液晶画面の光が広がって、俺たちの顔を照らす。焚き火のようだ。子どものときに行った、ＹＭＣＡのキャンプを思い出した。あのとき俺は、同じキャンプに参加していた違う小学校の女の子を好きになって、しばらく「文通」をしていた。インターネットが一般的になる直前で、俺たちはまだ書店で本を買い、デパートで服を買い、友だちに手紙を出していた。
あんまり明るくしたら誰かに見つからへんかな
そやな。暗くしとくわな。
うん。
あのな、浮かんでるみたいやって、いま思い出した曲があるねん
そうなん。どんなん？
あのな、これ。
俺は携帯の小さな小さな、地球の万博公園に比べるとプランクトンみたいに小さなスピーカーから、コルトレーンのBody and Soulを流した。
美沙さんは笑って、よく聴こえへん、と言った。
また部屋でゆっくり聴いて。
部屋で聴かせてな
これな、
うん
なんかすごい、浮かんでる感じがするねん。
そうなん
いまスピーカーの音ちっさすぎてわからへんけどな

ふふふふ
浮かんでる感じ。
なんでそんな感じするん？
なんでやろな。
やっぱり音で決まってんの？
ああ、うん、そやな。これ、普通はもっとゆっくりの、べったべたのスローのバラード
でやるねんけど、これぜんぜん違うねん
うん、
D♭のキーの曲を、ベースがずっとA♭でペダルしてんねん。
ペダルって何？
えーと、ずっと下から支えてる、みたいな感じ。
あ、そうなん。ベースが？ 低い音？
そう。このスピーカーだとぜんぜん聴こえへんけど。ははは。
聴こえへん。ふふ。
ははは、ごめん
下からベースがずっと支えてるから、浮かんでる感じするん？
うん、そうやねん。なんかそんな感じがする。

へえ

下でずっとベースが支える音をな、それもひとつの音だけずっと弾くねん。で、その上でテナーやピアノが自由に、かんぜんに自由ってわけちゃうけど、まあだいたい自由に動けるねん。

ほな、ほんまに浮かんでるねんな。

そう思う。

そういうのって音で決まってんの？

そう。

やっぱりなんか怖いな。

怖い？

音楽って、なんか怖い。

そう

音で決まってる感じ。人間が要らん感じ。

あ、前も言うとったな。

うん

ほんまやな。

人間が音を弾いて、それが伝わるんとちゃうねんな

うん
人間が生まれてくる前に、それより先に、音の順番みたいなものが決まってて、そのあとに人間が生まれてきて、だからそういう順番の音を聞くと、そう感じるようになってるねんな。
俺もそう思う。
怖い
怖くはないやろ。
そやな。怖いっていうか。不思議？
そうやなあ。
不思議。
俺たち要らんみたいやな。
そんな感じする
きれいな音の順番とか組み合わせが、地球に人間が生まれてくる前から決まってるんやったら、俺みたいな場末のミュージシャンがやってることって何やろな
そういや私まだちゃんと演奏聴いてないな。
聴かんでええよ
やだ。聴きたい。いつも夜もバイトやからな私。こんど絶対行く。来週行こかな。

そやな。じゃおいで。
行く。どこやっけ。新地？　高いかな
あ、来週は、新地で二日。いや、大丈夫やで、俺の友だちですって言えば。
そうなん。うれしい。
緊張するな……。あ、ちょっと先やけど、ミナミでもやるで。安いとこで。
そうなん
あそこ最後やねん
最後？
店つぶれるねん。もう閉めはるねんて。昔からやってる、ふるーいジャズクラブやねんけど
そうなん。
もう大阪も、そういう店どんどんなくなってく。
そうなんや
もうなあ、生演奏なんか聴かへんからな、お客さん。
そうかもな
だから、その店も、ママがもう高齢やし。業界ではすっごい有名な老舗やねんけども。
よかったらおいで。来月やけど。せっかくやし、最後やから、お客さんひとりでも多いほ

うがママも喜ぶやろし。
行く。絶対行く。バイトあったら休む
うん。
まだやめたいって思ってる？　音楽
……そうやな。やめたいな。
なんで？　ちゃんと生活してるし、すごいなって思うのに
なんか、さっきの話やけど。
うん。
音って、もう生まれる前から決まってるねん。だいたいはもう、音の組み合わせや順番
は、もう決まってんねん。
そうなん
そうなん。もうな、俺ができることって、何にもないねん。
そうなんか
そうやねん。
風が吹いて、木が揺れている。
こないだリリアンの話したやんか。
あの話すき。

好きってどういうことやねん、ははは
ははは、なんか好きっておかしいけど。
なんかずっとあの話のこと考えてて。
うん。
リリアンっていうか、犬。
犬？
あのときあいつ、うちで飼ってた玄関の、玄関で飼ってたあの汚い犬を見て、かわいい
ってゆってん。
そうなん
言った。なんかそれ思い出して、なんか。気になってるいうか。かわいいと思うんだな
って。
ああ。
犬とか猫が好きやったんかな。
好きやったんやろな。
なんかていうか、犬や猫が好きとか、そういう感情があったんだなって。なんか当たり
前やねんけど。
子どものときってそういうことわからんよな。

わからんけど。でもいまはわかるし。

どうしようもないやろ。

まあ別に何とかしたいとかとちゃうけど。でもやっぱり、ああ、犬みてかわいいって思ったんだなって。

思ったんやな。

俺、ひどいことしたな。

……。

家族亭でもあの話したよな

したな

美沙さん、なんでかあの話すきだよな

あはははは。なんかな。なんでかな。何でか知らんけど。なんかこの話してるときが好きやな

あのとき、めっちゃ覚えてるねんけど。肉が焦げそうになっててん。

肉が？

美沙さんのところの肉が焦げそうになってたから、それ俺が自分とこ寄せて、ええ感じに焼けてる肉を美沙さんのほうに寄せたの。

そうやったっけ

そしたら、俺がそれしてるのと同時に、美沙さんが、ビール瓶を火から遠ざけたん。たぶんぬるくならへんように

よう覚えてるなそんな細かいとこ。ていうかそんな細かいことよう見てるな。

ざわざわと、展望台のまわりの大きな木が揺れる。風が強くなってきたのかもしれない。

こないだ泊まっていったの、楽しかったわ。

また行っていい？

来て来て。ほんでな、あのな、

うん、

あのな。美沙さん。

うん。

一緒に住まへんか？

……。

絶対に言ったらあかんことを言った、と、俺はそのとき思った。

風が止んで、展望台から、すべての音が消えた。

淀川の水の底から、水面を見上げる。水面の向こうに、美沙さんと、制服のおとなしい警察官と、ふざけたジャンパーを着た鑑識か刑事か警察官が、こちらを見下ろしていて、その顔がゆらゆらと波に揺れている。おかっぱの髪がひろがって、毛先がばらばらに勝手

に揺れている。広がった腕の先の小さな手の指を、小さな銀色の魚がつつく。

水のなかでは、何もかもが揺れている。

ええよ。

……ええの？

うん、ええよ。

……。

美沙さんは毛布のなかで俺の手を握った。手が冷たい。ぐっと握り返してもいつまでも冷たい。星も月もない夜空のうえに俺たちは浮かんでいて、真っ暗で、お互いの顔を近づけても何も見えないけど、美沙さんが微笑んでいるのがわかる。

そして美沙さんは、またゆっくりと消えていった。言葉が音ではなく銀色の文字になって夜空に漂っていって、輪郭を残して少しずつ消えていき、やがてその輪郭も消えて、握った手の冷たさと、髪の匂いだけが残った。


その夜は十三にある小さなスナックみたいなジャズクラブで演奏をした。あいかわらず客は五人ぐらい。ギャラはチャージバック、つまり歩合制で、チャージが千五百円で客が五人だとたぶんメンバーひとりあたり手取りが千円ぐらいで、駐車場代にもなるかならないかぐらいで、今日もまた赤字だなと思う。

どうしてこんなことやってるのかわからなくなるときもある。北新地でやってる仕事はそこそこのギャラが保証されていて、といっても一晩で一万円ぐらいだけど、その仕事とミナミの音楽教室の講師の仕事で、なんとか生活はできている。たぶんその合間に大阪や京都や神戸のジャズクラブで演奏するのが、自分のほんとうにやりたいことなんだろう。だから千円のギャラでも喜んでやる。

もちろん、北新地の店も嫌々やってるわけじゃなくて、むしろ逆だ。肩を露出したり胸の谷間を強調したボーカルの女の子たちもみんな真剣で、店の商売の都合でそういう格好をしているけど、みんなほんとうに音楽が好きなんだなと思う。

歌の内容は店や客に合わせて、ジブリやらディズニーやら、季節になればクリスマスソングばっかりになって、たまに客からリクエストが入るとコルトレーンの「至上の愛」やってくれだったりして、そこは丁重に、お客様それはピアノとベースとボーカルの編成ではできないです、と言う。かわりにMy Favorite Thingsをやったりする。あれはもともとボーカル曲だから、なんとかそれっぽい形にはなる。

その夜の演奏はドラムが入ったピアノトリオだった。1セットめの最後の曲Stella By Starlightが終わり、五人の客がぱらぱらと拍手すると、ウッドベースを横に置いてドラムの前のテーブルに座る。狭い店なので楽屋みたいなものはない。ピアニストはさっさとタバコを吸いに外に出ていった。

俺は最後の曲の演奏がうまくいかずにイライラしていた。ドラマーが俺の分まで缶ビールを持ってきてくれて、横に座ってなだめる。俺が苛ついていることをわかっているのだ。ピアノソロが途中でちょっとブロークンな感じになり、それに合わせてドラムも2ビートになり、俺も四分音符ではなくもっと自由な感じでバッキングをしだしたのだが、ピアノの菊池が、音数を増やした俺のことをベースソロに入ったんだと勘違いして、ぴたりとソロをやめてしまった。

若いピアニストで、だから俺に対する遠慮もあったのだろう。とつぜんバトンを渡された俺はつんのめって、ひとりで広場に放り出されたような格好になった。それで俺は、どうしてもスムーズにソロをやる構えに移行できなかった。

もちろん、こういうことはジャズでは普通のことだから、その場ですぐにそれなりのことはできるけど、そして実際にそこそこのソロを演奏したけど、でもなぜかその夜は俺はおいてきぼりに、あるいはほったらかしにされたことに、どうしようもなくイライラしていた。

「さっきおもろかったなー、ようリカバリーしたな」

ドラムの光藤さんが缶ビールからひとくち飲んで笑う。

「あれまだソロのタイミングちゃうかったやろ」

「いやー、まあ……。せやな、まあなんとか」

「ああいうのがライブって感じやな」

俺は答えずに黙ってビールに口を付ける。ほんとうに、ジャズの演奏では当たり前の、普通によくあることだし、そこそこのベースソロを弾けた感触もあるし、なんで自分がこんなにイライラしているのかわからない。でもなにか理不尽な、不当なことをされたような気がした。

タバコを吸いに店の外にいったピアノの菊池が帰ってきた。

「外、雨ですわ」

「あ、そうなん」光藤さんが菊池のぶんの缶ビールを、店のマスターからもらって持ってきた。「あ、すんません」菊池は缶をあけずにそのままテーブルに置く。そういえば仕事中はアルコールを飲まないって言ってた。

「さっきはすんませんでした」

俺は無理に笑顔をつくる。「ああ、いやいや、面白かったな。びっくりしたけど」

「なんか僕、ああいうとこで引くんですよねいつも。気ぃ使いすぎやねんて、こないだ野口さんに言われましたわ」

「あ、野口とライブしたん」テナーの野口さんと仲が良い光藤さんが口を挟む。

「そうなんですよー」

「あのひと絶対休憩時間にめっちゃ飲むよな……だいじょぶやった？」

「いやもう、めっちゃ大変でした」

菊池と光藤さんは同時に大笑いした。「うわー想像つくわなんか」

俺も笑った。菊池は俺の笑顔を見てほっとしているようだった。

「野口さん、東京行くんですて」

「あ、そうなん」「そうです。もう大阪仕事ないし、て」

俺は唸った。「うん、そうやろな。そやなあ」

「野口、前からずっと言うとったよ。俺も何度か聞いたことあるねん、東京いこか東京いこか言うてやったわ。俺も考えたけどな。東京はハコも多いけどひとも多いからな」

「テナント料も高いから店の経営もけっこう厳しいらしいですね」

「うん、そないギャラも高ないって聞いた」

「そうなんだ。じゃなんで行くんですかね」

「ライブの数は多いんやろな。ハコの数も多いし、あと、ひとも多いから、いろんなミュージシャンがおる。全体的なレベルも高いし」

菊池が笑う。「じゃニューヨーク行ったらええのに」

光藤さんが苦笑いする。「ほんまやな」

「ところで2セットめ何する」

「菊池くん任せた。なんか適当にスタンダードやってくれ。イントロ出してくれたら適当に付いてくわ」

「はい、ほなえーと、But Not For Me でいいですか最初」

「俺は何でもええよ」

「うん、ほなバットノットしよか。普通にE♭でええか」「はい」

光藤さんが半分冗談みたいに「七拍子でしよか」と言うと、菊池も「あ、それおもろいですね」と笑う。

「まじか。ほんまか」

「やりましょう。七拍子っていうか、四拍子と三拍子ですね、一小節ずつ」

「まあ、ええよ。やってみよか。ていうか前にどっかでやったことあるわ」

「なんか誰かがそれでやってなかったっけ」

「僕は知らないですね」

「俺も知らんな」俺はICレコーダーをONにするとベースアンプの横の椅子に置き、次のセットの演奏が始まった。

変則的なバットノットも無事に終わり、そのあと五曲ほどざっと流して後半のセットも終了すると、もう二三時前になっていた。よく来てくれるお客さんと喋りながら店のおごりで二杯ほど飲んだ。今日のウッドベースは店の備品のやつで、丁寧にクロスで拭いてからソフトケースに入れてピアノの奥の隅っこに押し込める。光藤さんはすでに自前のスネアとトップシンバルをバラすと、ソフトケースに入れて大きな車輪のついたキャリーにくくりつけている。

「光藤さんは東京とかニューヨークとか行こうとか思わへんの」

「俺が？　俺？　ニューヨークはなあ、半年ぐらい行って、楽しかったけど、あそこで一生音楽で飯食おうとは思わんな……。ていうか無理やろし、俺ぐらいやったら」

「いや、光藤さんめっちゃ上手いし、今日もすごい良かったよ」

「おおきに、ははは。でもまあ、東京も住んでたけどな、三年ぐらい。まあ楽しかったけど、もういまさら行こうとか思わへんな。どっちでもええな……仕事があるんなら行くし。いまでもけっこうツアーで東京とか関東らへん行くしな」

「ああ、そうやな、けっこう行ってるよね」

「うん、むこうに友だちも多い。まあでも、もうええわ。たまにでええ。俺はここでええ、大阪でええ」

「そうなんや」

俺はできるだけ何ごともない調子で光藤さんと菊池にきいた。「俺きょう大丈夫だった？」

「大丈夫て何が。ああ、音程とかリズムとか？」

菊池もちょっと笑う。「最近どうしたんですか？　なんかこないだからずっとその話してますよね。僕はぜんぜん気にならへんかったですけどね」

ちょっと恥ずかしくなる。「いや、まあ。うん、演奏してるときは別に俺も思わんねんけど、録音をあとから聴くと、やっぱりひどいねんか、俺のベース」

「録音するから悪いんちゃうか」光藤さんも帰り支度を終えて、もう店を出るばかりになっている。きょうのギャラはひとり千二百円だった。マスターがいつものように申し訳なさそうに、ちゃんと封筒に入れて渡してくれた。

「演奏毎回録音して、毎回聴いてたら、もたんで。そんなもんいちいち気にしてたらこの仕事できへんやろ」

「バラードのときに、ちょっと代理コードとかで気持ち悪いときありますけどね」菊池も真面目な顔して、正面から答えてくれる。こいつも本当にいいやつだと思う。「でもスウィングする曲のときなんか、すごいいいですよベース。リズムも、ソロも」

「おお、ありがとう……。なんかでもな、気になるねんな」

「録音するから悪いんやで」光藤さんがまた同じことを言った。

「ほな、お先」

「あ、お疲れ様でしたー。僕も帰ろ」

「お疲れ様」

店の置きベースを借りたときは、手ぶらで帰れるから、とても楽だ。俺は常連のお客さんとマスターに軽く挨拶すると、スナックビルのエレベーターに乗ったが、箱はすぐ下の階に止まった。

一階下が小さな安いポールダンスのバーになっていて、酔ったサラリーマンたちがいつも乗ってくる。タンクトップとショートパンツの女の子が低いテンションで一緒にお見送りにきて、エレベーターに乗り込んだサラリーマンたちに、おざなりな感じで手を振っている。

ポールダンスといっても本格的なものではぜんぜんなくて、ちょっと目先の変わったキャバクラみたいだ。自分はこういう世界では「バンドのひと」という扱いで、客として来たことがなかったから、いったいみんなこういう店でどうやって酒を飲んで遊んでいるんだろうと思う。でもたぶん、客の前でポールダンスを披露する女の子たちも、客のおっさんは嫌いだけどダンスは好きで、その部分はけっこう真面目に、一生懸命やってるんだろうと思う。

真面目に、一生懸命やってるよ俺も、と思いながら、酒臭いサラリーマンたちでぎゅうぎゅうになったエレベーターで一階まで行く。

外は寒い。十三の繁華街は、どれだけ年号が変わってもいつまでも昭和だ。キャバクラ、風俗、立ち飲み、チェーン店の安い居酒屋、がんこ寿司。路地裏の中国人の女たち。

阪急の京都線で梅田までひと駅乗る。なんとか我孫子町まで帰る梅田の御堂筋線の地下鉄に間に合いそうだ。途中で、淀川にかかる長い長い橋を渡る。飲み会や残業で疲れ果てたサラリーマンやＯＬたちをたくさん乗せて、電車は夜の淀川を渡る。

揺れる窓のはるか向こうに、梅田の高層ビルの灯りがまたたいている。いつも茶屋町のホテル阪急インターナショナルのビルがいちばん目立っている。梅田のあたりは光り輝いていて、そこだけ夜空もぼんやりと明るい。

あのぼんやりと明るい光のドームのなかに、たくさんの店があって、キャバ嬢やバーテンや呼び込みやキャッチやホスト、厨房やホールの学生バイト、寿司屋や居酒屋の板前、イタリアンバルの雇われ店長、タクシー運転手なんかがみんな、真面目に一生懸命に働いている。よくベースを弾いている北新地の店はそんなに高級なとこじゃないけど、それでも店の女の子はみんな真面目で、学費や留学費用のために働いている子も多い。単におっさんを泣かせて指名を取ろうとそういう話をする子もいるけど、バンドの俺にそう言うときは、それは本当の話なのだろう。

梅田の高層ビルのきらきらが近づいてくる。梅田に着いたら、地下鉄に乗り換えて大阪市の南の外れのあの街に帰らないといけない。でもなんとなくめんどくさくて、このまま梅田の堂山かお初天神あたりで朝まで飲もうかと思う。曽根崎のあたりでジャズの生演奏をしているバーがいくつかあり、友だちが何人かライブをしてるはずだ。誰か誘ってそのまま朝まで飲もうか。

あるいは、このまま我慢してとにかく地下鉄に乗って、そのかわり久しぶりに我孫子町で飲もうかなとも思う。ドミンゴも最近行ってないな。

ドミンゴも最近行ってないな、というところで、美沙さんのことを思い出す。いや、ほんとうは、思い出す暇もないぐらい、ずっと美沙さんのことを考えている。あの痩せた皺だらけの首、髪の匂い、三角形の肩甲骨。背中にあたる月の光。

あの声。

万博公園の展望台の頂上で、夜空を見下ろしながらふたりで毛布をかぶって、一緒に暮らす話をした。でもそのあと俺はなぜか、美沙さんに連絡を取らなくなってしまった。俺は感情が昂ぶって、うっかり不用意で無神経なことを言った、と思った。だから、言った瞬間に反射的に、絶対に断られると思った。でも驚いたことに、美沙さんの答えは逆だった。

美沙さんに受け入れられたことで俺はかえって混乱し、自分から言いだしておきながら、どうしていいかわからなくなった。

あの細い肩と肩甲骨に、もういちど触れたいと思う。でも、美沙さんの体や頭は疲れ切っていて、なにもかも諦めてしまっていて、ひとと一緒にいる、ということにもう、何の感覚も抱かなくなっているみたいだった。俺から連絡しなくなったとたんに、美沙さんからも連絡が来なくなった。

一緒に住もうと言われて断らないことと、こちらから連絡をしなくなったらむこうからも連絡がなくなったことがひとつになって、俺はなんだか、美沙さんがどれくらい疲れてるのか、わかるような気がした。どういう気持ちか、とか、何を経験したのか、ということはわからないけど、でもたぶん、すごく疲れてるんだろう。

連絡を取らなくなったといってもまだ二ヶ月ぐらいで、だからまたなにごともなかったようにメッセージ送ればいいんだけど。

たぶん美沙さんは、結婚してくれと言われても、ええよ、と言い、別れてくれと言われても、ええよ、と言うだろう。

疲れた。いつもライブのあとは、立っていられないほど疲れる。いつのまにか電車は、きらきらと光る梅田の街のなかに入っている。明るい改札に、酔っ払いの大群。阪急のコンコースから地下に入って、御堂筋線の改札に向かう。

結局ドミンゴにも行かず、俺は自分の部屋にまっすぐ帰ってきた。誰もいない部屋。電気もつけずに、真っ暗な部屋のなかでヘッドホンをレコーダーにつないで、今夜の演奏を聴きなおす。

たしかに光藤さんが言ったとおり、毎晩の演奏を録音していちいち聴きかえして一喜一憂するのは良くないことだと思う。でもどうしてもやめられない。

前半のセットの演奏が始まる。ステレオでPCM録音ができるレコーダーで、その場にいるみたいな臨場感がある。聴覚だけが時間を遡っていく。四時間前の自分がいまここでベースを弾いている。まず菊池が出すイントロで、I've Got You Under My Skin が始まる。ミディアムのスウィングで、俺の得意なやつだ。E♭へのツーファイブを繰り返すだけの単調な曲だが、たまにマイナー7がハーフディミニッシュになってたりして、リラックスしながらも弾いてて飽きることがない。ベースソロも、こういう曲は「歌い」やすい。

でも俺は聴きながらだんだん辛くなってきた。菊池のピアノもあいかわらず、若いのに渋いフレーズをよくストックしているし、ドラムの光藤さんもいつも通り、前に出過ぎないクールで的確な演奏なんだけど、俺は自分のベースの、バッキングのラインやソロのあまりの凡庸さ、音程やリズムなどの基本的な技術の未熟さが気になってしかたがない。

1セットめの最後の曲で、変なタイミングでベースソロになったところで、俺は聴くのをやめた。やっぱり、無理やり広場に引っ張りだされて、恥をかかされた気分になった。些細なことなのに。

こんな些細なことが、どうしてこんなに気になるんだろう。些細な、たいしたことのない、普通によくあることだっていうことは、自分でもよくわかってるつもりなのに、どうしても辛くなってしまう。なにか理不尽な感じで見捨てられたような、意図的にいじめられたような気さえしてくる。

自分の演奏の録音を聴いていつまでもうじうじと思い悩むのは、一種の自傷的な依存症なのだと思う。精神的に何も良いことがないのに、どうしてもやめられない。

真面目に、一生懸命やってるよ、俺も。

新地の仕事もあるし、教室の仕事もある。その合間に、金にはならないけど、純粋に演奏を楽しめるようなライブも入っていて、それで生活できている。

そういう仕事に呼ばれる、ということは、それほどひどい演奏じゃないはずだ。

俺はまた、淀川にウッドベースを捨てるところを想像する。

ソフトケースに入れたウッドベースに、車輪付きのキャスターを付けて、真夜中の城北大橋の、自転車用のスロープをあがっていく。ごろごろと、車輪が低い音を立てる。立てたウッドベースはちょうど人間ぐらいの身長で、俺はどこかで殺した死体を運んでいるような気分になる。

そうかもしれない。俺がこいつを殺したのかもしれない。

橋の上に出る。広い。暗くて、風が強い。ウッドベースを体の前に立てて押しながら歩く。夜中の城北大橋には、通る車も少ない。たまに通り過ぎる車の、赤いテールランプや、金色のヘッドライトがまぶしいけど、それが通り過ぎたあとは、また真っ暗になって、かなたに梅田の高層ビルの灯りがちらちらと揺れている。

みんな揺れている。

橋の真ん中までくると、太い手すりにウッドベースを立てかけて、しばらく景色を見る。暗い夜空に、梅田が浮かんでいる。真下の真っ黒な水面に、細い月と、小さな雲がうつっている。

俺は車輪がついたままのウッドベースを肩にかつぐと、一瞬躊躇する。安物だけど、もう十五年も一緒に暮らした楽器だ。

だけど、こいつをこれ以上、かわいそうな目にあわせることはできない。ごめんな、ごめんなと謝りながら、俺はウッドベースを橋の上から投げる。

黒いソフトケースに入ったまま、ウッドベースは静かにゆっくりと回転しながら落ちていく。

驚くほど大きな音を立てて水面にぶつかると、水しぶきをあげながらいちどバウンドして、もういちど水面に叩きつけられる。そしてそのまま、波に上下しながら沈んでいく。

もうお前は自由やで。

そっちの方にまっすぐ泳ぐと、大阪湾に出るから。

あとは北半球でも南半球でも、好きな海に行って、自由に泳げよ。

自由に歌えよ。

ベッドの奥の壁に、三角形の月の光が当たっている。美沙さんはいない。

部屋の真ん中に、大きな黒い鯨が静かに寝ている。俺はウッドベースの背中を撫でると、こんな演奏しかしてやれなくてごめんな、と声に出して呟いた。

本当に怖いのは、中途半端に「できてしまう」ということだ。これなら、ぜんぜんできないほうがまだましだ。

「また録音してんのか。やめときやええかげん」1セットめが終わったあとレコーダーをいじってたら、また光藤さんから注意された。

タメロで会話してるけど、光藤さんはたしか俺より二つか三つ上で、でもいつも温厚で冷静で、真面目な人柄で、なんとなくいつも頼ってしまう。西九条にある老舗のライブハウスは最近、地元のおっさんのロックバンドをブッキングしたりして、それはギャラを払うんじゃなくて、逆に貸切にして金を取ってるらしい。もう七十をすぎたマスターは苦笑いしながら、最近は客やのうて店に出るやつから金取るんやで、と言った。

「良くないでそれ。いや、まあ普通のときやったらええけど。自分さいきんあかんやん、なんかめっちゃそればっかり言うとるやん」

「そうやなあ」

「まあ、自分のあかんとこ見つけてそれを練習に生かすのは大事なことやけどな」

「そうしてるつもりやねんけどなあ」

「いや、ちゃうやろ。なんか萎縮してる感じするよ」

「そうですか」

「うん。別に今日もあれやで、そないあかんことなかったで。あいかわらずリズムもいいし。ランニングしてるときぐいぐい引っぱる感じがある」

「そやねんな」

たしかに、いちいち自分の録音を聴いて落ち込んでるぐらいなら、練習しろっていう話だよな、と自分でも思い、録ったけどもうこれ聴かないでおこうと決めた。

今日もピアノトリオだけどピアノは菊池じゃなくて坂下カナコだ。カナコは大阪音大のジャズ科を出て、来年からバークリーに行くことが決まっている。俺より十コも歳下だけど、ミュージシャンとしての実力は俺よりはるかに上で、でもときどき俺をブッキングしてくれる。

「え、毎回録音してるんですか？」

カナコは大笑いしている。「ありえへん。私やったら気いくるうわ。ノイローゼなるわ」

「そんなことないやろ、それだけ上手かったら」

「いやいや、自分の演奏まじで聴きたくないですわ、終わったら」

「そうなん」

「興味ないんですよ自分の演奏。ていうかもう、ライブ終わったら音楽聴きたくないですね。終わったら家帰って韓国アイドルの YouTube とか見てますね」

俺も光藤さんも笑う。「自分の演奏に興味ないて、おもろいな」

「いやそうでしょう。まあ、興味ないっていうのもあれやけど。自分の演奏なんかより、もっといい音楽は世界にたくさんありますよー」

「めちゃ正論やなそれ……」俺はぐうの音も出ない。

「きょう自分のベースやろそれ？　我孫子まで持って帰るねんな？　乗してってたろか？」

「え、ええの？　遠回りちゃう？」「いや、ええよ」

光藤さんの軽自動車の後ろのシートを倒して、真ん中にウッドベースを仰向けに寝かせる。ネックが前のダッシュボードのところまで届いている。

「ほんま巨大なカブト虫みたいやな」

「ははは」

「多少これサイドブレーキ引くときに手とか当たってもかまへん？」

「あ、ぜんぜん大丈夫です」

「ほい」

「鯨です」

「え？」

「カブト虫じゃなくて鯨です」

「ん？　そう？」ちょうど大きな交差点を曲がるところで、光藤さんは生返事をする。

いったん逆方向に走り、朝日橋で六軒家川を渡って千鳥橋で左折して、北港通から四三号線に入る。どこまでもまっすぐ行けば、やがて天王寺に続く。街中に入るとだんだん車も増えて、看板や店の灯りも増えて、街路灯も明るくなってくる。

「今日も録音した?」

「ええと、してるけど。でももう、聴かんとこうかな思って。やっぱりよくないですよね」

「いま車で聴けない?」

「え」

「イヤホンの小さいピンのケーブルあるねん、このカーステ。レコーダーのイヤホンのとこに挿したらええんやろ」

「あ、うん、聴けると思うけど。えええ、やめとこうや」

「いや、聴こう」

光藤さんは車を泉尾公園の暗い路肩に停めた。小さな軽自動車の小さなスピーカーから、ついさっきの演奏が流れる。最初のセットの最初の曲はSpeak Lowだが、よくやる速めの感じではなく、ブレークもなしで普通にゆったりめの4ビートだ。カナコもレッド・ガーランドみたいなブロックコードで、リラックスして弾いている。

光藤さんも黙って聴いている。

俺はだんだんいたたまれなくなってきた。バッキングのベースラインが、G弦のE♭あたりでいつも音程が微妙に狂う。テーマからピアノソロに入ってしばらくしても2ビートで引っぱっているのだが、盛り上がってきてドラムがブラシからスティックにかわったところで、ついつい力んで要らない装飾音を増やしてしまい、それでメリハリがなくなっている。出るべきところで出なくて、引っ込むべきところで引っ込んでない。平板だ。

俺はレコーダーを止めた。「もういいですやん」

「あはははは、ごめんごめん。いや、なるほど」

「何が……」

「けっこうええやん」

「うーん、カナコのピアノはあいかわらず素晴らしいですね」

「うん」

でも俺は音程が、と言いかけたとき、光藤さんが先に口を開いた。

「これ、ピアノの調律が狂ってるんちゃう？」

「え？」

「いや俺打楽器やから、わからんけどな。ちゃんと音楽も勉強してへんし。でもピアノが間違ってるんちゃう？　楽器として」

「ああ」

「いやそれだけやなくて、自分も音程良くないんかもしれんけど。でもこれたぶん、ピアノの調律おかしいと思う」

たしかに、ゆっくりしたバラードの曲のときだと、そんな感じがする。コードの上に重ねたテンションが、ちゃんと機能してない感じ。

♯11とか、♭13とか。

もっときらきらするはずだ。

「カナコ、自分の演奏聴かないって言ってたな」

「ああ、あいつは天才やからな」

「そういうもんかな」

「天才は捨ててるねん、音も自分も。音を捨てないと演奏できへんからな」

「ああ、なんかわかるな」

「まあ、あいつももう、めちゃくちゃ練習してきてるけどな」

「そうやと思う」

「ドラム叩いてるときはドラム叩いてる自分のことは忘れてるやんか。うまいこと言われへんけど」

「うん、わかります」

「捨てんとな、自分も。音も」

（ブルーシートの下になってたな。下にあった、あの子の足が）

「うん」

「なんか、ピアノの調律とか、いろんな要因があってこの演奏になってるのを、ぜんぶ自分のベースのせいにしてるだけちゃうかな。そんな感じする」

「まあ、わかるんやけどな。わかるけど」

「なあ。まあ、俺が言うてもあれやわな、意味ないかもしれんけど」

「んなことないよ」

「でもな、気にせんでええで、お前は悪くないって、誰か言ってくれるひとがおったらええねんけどな」

「いや、まあ、うん……」

「難しいわな。俺でよかったらいくらでも言うけど、でもそういうのんとちゃうねんな。俺から言われてもしゃあないやろ？」

「いやいやそんなことないよ」

「いや、そらぜんぜん意味ないっていうこともないやろけど。でもやっぱり意味ないやんか。なんかな、お前は悪くないって、それが言えるひとって少ないねんな」

なんでこの公園のまわりって、こんなに暗いんだろうと思う。たまに車が通るときだけ、金色のヘッドライトが俺たちがいる車のなかを通り過ぎていく。

「少ないっていうか、めったにいいひんよな。友だちでも家族でも、お前のせいやないって、みんな言うけど、でもそれは優しいからやんか。でも何ていうかな。ほんまに俺のせいやなかったんやな、って納得するのって、そういうひとらの言葉じゃないよな」

「何言うてるんですか」

「いや、俺もようわからんけど」

光藤さんも自分の言葉の行き先をなくして、ただ笑うしかなかった。

「優しいやつは、役に立たんのや」


ほんま子どもみたいなことしてるな私ら。

子どもやな。

寒くない？

大丈夫。なあ、なんか話して。

なんか話って何。

なんでもいい。なんか子どものときの話。

俺の？

うん。

別にそんなたいした話もないけど。

幼稚園ぐらいのとき、よくひとりで留守番をしていた。一階のキッチンの、西向きの窓の下の板の間に、小さなカラーボックスのようなものがあって、そのひとつに自分の大切ながらくたを入れていた。

U字型の強力な磁石、鏡やガラスのかけら、きれいな石、太い釘、分解した時計の歯車、何かの部品、そういうものが好きで、たくさん集めていた。巣をつくる鳥のように、ピカピカ光るものや硬くて小さなものや透明なかけらを見つけると必ず拾って持って帰って、自分の引き出しのなかにしまいこんでいた。

夕方、母親が買い物に出かけてひとりになると、よくそれを床に並べてはじっと見つめていた。いつまでも飽きなかった。

そのうち、母親が家の前のガレージに車を停め、ばたんとドアを閉めて、ゆっくりと玄関まで歩いてくる音がする。

俺はいつも、母親が帰ってくる音が聞こえてくるとすぐに、自分の好きなものたちを引き出しのなかに投げ入れ、家のなかを見回し、隠れる場所を探す。

はやくしないと見つかってしまう。もう靴音は玄関のすぐ前まで来ている。

俺はキッチンから小走りで、一階の和室に行くと、その奥にある小さな押入れのふすまを開ける。押入れの下の段には分厚い来客用の座布団が積まれている。その柔らかい座布団を横に押しやると、小さな子どもがようやく入れるぐらいの隙間ができる。

俺は力いっぱい、しかし音を立てないように、座布団と壁のあいだに隙間を開けて、そのなかに頭から潜り込む。

ちょうどその時、玄関の外で鍵束がじゃらじゃらと鳴る音がする。黒い鉄製の錆び付いた門扉が、低い声をあげながら開かれる。

俺は和室の奥の押入れのその奥の隙間のさらに奥に潜り込み、内側からふすまをぴったりと閉めて、汗びっしょりになりながら、息を潜めていつまでもそこに隠れる。大きな声で名前が呼ばれる。俺を探しているようだ。どうか見つかりませんように、と祈りながら隠れ続ける。

しばらくしたら急に、何ごともなかったかのように押入れから出ると居間にもどる。そこには母親がいて、どこに隠れてたん、と聞く。俺は笑いながら押入れやでと答える。

かわいいな。

かわいいか。

かわいいよ。

そうか。

なんでそんなことしとったん?

わからんな……。ていうかもう完全に忘れてた。いまはじめて思い出した。三十年ぶりかな。

お母さん怖かったん?

怖かった?

うん。怖かった?

いやあ……。どやろ。考えたこともなかった。

ほかの、お父さんやお姉さんが帰ってきたときも隠れてた?

ああ。いや。そやな、母親んときだけやな。

そうなん。

うん。

じゃ、怖かったんやろな。

おかんが?

たぶん。知らんけど。

いや、でも。犬連れてきたのもおかんやし。動物好きなひとやったよ。もう連絡も取ってへんけど。

そうなんか。動物好きなひとやってんな。

そうやな。

でもやっぱり怖かったんちゃう。

そうやな。そうかな。

そうやと思う。

西九条や十三に来る客は、数は少ないけどジャズの演奏を聴くのが好きというひとが多くて、だからみんな黙っておとなしく聴いてくれるけど、北新地のほうはただのクラブというかスナックで、だからたまに酔っぱらいがいて、ボーカルの女の子にからんだりする。そこは上手にボーイさんや雇われ店長がおさめるのだが、たまに、俺に弾かせろと言ってくる客もいる。

その夜も、たまたまボーカルの葵さんが、まだ小さい子どもが急に熱を出したということで休んで、代わりのボーカルも見つからず、仕方ないからピアノとベースのデュオで演奏していたら、けっこう酒が入った五十ぐらいのおっさんが俺に、上機嫌でちょっとええかな、ちょっとええかなと言ってきた。

俺はそういうのが嫌いだが、俺たちも客商売の水商売だし、だからなるべく笑顔で、ああお客さんもウッドベースされてるんですか、どうぞどうぞと譲る。そのときのピアノは菊池で、あいつも苦笑いしながら、曲何ができますかと聞いた。何しましょう、ではなく、何ができますかという聞き方が失礼やろと思って、俺も苦笑いした。

おっさんが言ってきたのはMoment's Noticeで、菊池と俺はおお、と顔を見合わせた。

菊池がやんわりと断る。「おお、さすがですね……。難しい曲をよく知ってますね。でもあれちょっとハードな曲なんで、ここラウンジやし、ピアノとデュオではちょっとつらいですね。もうちょっと普通のスタンダードにしましょか」

「おお、そやなそやなーやっぱり難しすぎたかな」たぶんおっさんはちょっとバカにされたと思って、バンドの腕が悪いからできないみたいな形に持っていこうとしたんだろう。菊池はそれを聞いて爆笑して、「めっちゃすみません、もっと簡単な曲でいいですか」と言った。

こいつほんといいやつだな、と思った。

おっさんが出してきたのはThere Is No Greater Loveで、菊池はすぐにイントロを出した。俺はカウンターの隅っこに座る。

おっさんは俺のベースを抱えて、じっと菊池のイントロを聴く。見ているこっちが緊張する。テーマが始まり、おっさんはわりときれいなフォームで、アタックは弱いけど意外にちゃんとした音を出した。音程も悪くて、B♭なのかBなのかわからないとこ押さえてるけど、それでもなんとかテーマを2ビートで弾ききって、そのままピアノソロに入り、ベースラインも四分音符になる。

大学のジャズ研出身なのだろうか、もう大学を卒業して三十年近く経っているだろうけど、ここまでわりとまともに弾いているのは、自宅でもウッドベースを持っていて、たまに関西のジャズクラブが主催するジャムセッションにでも出ているのだろうか。

天井の小さなスポットライトの、金色の光のなかで、俺のウッドベースを抱えたおっさんが、真っ赤な顔で目をぎゅっと閉じて必死に弦を弾いている。ウッドベースが揺れている。

ベースソロに入った。俺は自分が弾くよりも他人が弾いてるのを見てるほうが緊張する質で、もういてもたってもいられないぐらいそわそわしていた。がんばれおっさん。

おっさんの、アルペジオなのかソロなのかわからんようなソロが始まった。菊池がすうっと後ろに下がり、おっさんが道に迷わないように丁寧に、一拍めにわかりやすいコードを弾く。

おっさんは必死にソロを弾き終わり、もういつ死んでもええという顔で菊池のほうを向いてうなずく。ピアノにキューを出すところが一人前な感じで、俺はまた苦笑いした。

菊池もこのおっさんの、下手なりに真面目で一生懸命なプレイに喜んで、ベースソロが終わったあとピアノに戻ってから、ベースと四小節ずつのかけあいを始める。おっさんも困ったように、でも嬉しそうにちゃんとついてきて、自分のターンのときにそれっぽいことを弾いている。

最後のテーマも終わって、エンディングの逆循に入る。Cm7からF7に行って、最後にB♭で終わらずに、そこでDm7とG7に移る。G7はそのまますぐにCm7につながり、こうやってCm7→F7→Dm7→G7の循環が始まる。

俺はIsn't She Lovelyを思い出した。

いちどこれに入るとなかなか終われないけど、菊池は適当なところで終わりの合図を出した。おっさんはすぐに反応し、無事に曲が終わる。やっぱり経験者やな。

おっさんと一緒に来ていた三人ぐらいのサラリーマンたちが盛大に拍手をして盛り上がっている。そこそこ埋まってる他の席の客もぱらぱらと拍手をする。

ステージは休憩に入って、菊池もカウンターの俺の横に座る。自分の仲間が座ってる席でひととおり冷やかされたあと、おっさんも満面の笑顔でカウンターに来た。おっさんは堅田（かただ）と名乗った。

「あははは、いやどうもどうも、お見苦しいところを……勉強させてもらいました、ありがとうございました」

「いやあめっちゃ良かったです。昔弾かれてたんですか？　ジャズ研出身？」

菊池も笑いながら声をかける。「ソロ頑張ってましたねー」

「いやほんとお恥ずかしい……」

俺はカウンターの席をひとつずらす。「あ、どうぞどうぞ。一杯どうですか」

堅田さんは、飛び入りする前とは態度が打って変わって殊勝な感じになっていて、俺も菊池も目を見合わせて笑いをこらえた。

「あ、いやいや、連れもおりますので。お疲れでしょうし」

「そうですかー」

「ところで、私そうなんですわ、大学でちょっとジャズかじってまして……。若いときにドンショップに出たことがあります」むかし梅田にあった有名な店だ。

「あああの」俺と菊池が同時に声を出す。

「三十年ぐらい前ですかね」

「へええ。ドンショップで。誰とやってたんですか」

「ああ、言ってもたぶんご存知ないと思いますわ。ピアノもドラムも、あのあとすぐ止めちゃったんで。音楽。私もそうですが」

「それでちゃんと弾けてたんですね」

「ありがとうございます！　いやいや、楽器触ったんは十年ぶりぐらいやな……。ほら」

堅田さんは真っ赤に腫れ上がった右手の人差し指と中指を見せた。

「あ、これもうすぐ血豆になるやつですね」

「弾いてるときは不思議と痛くないんですけどね。いやしかし、ほんまに久しぶりに、楽しかったです、十年ぶりくらいやな人まえで弾いたの。音楽仲間の結婚式でした」

「ははは。でもいいですね仲間がいて」

堅田さんはカウンターからいったん自分たちのボックス席に戻りかけて、また引き返してきた。真面目な顔になっている。

「あのね、すみません」

「はい」

「あのー、私、もういちどジャズやりたくて。あのね、どこかで教えてませんか？　弟子にしてくれませんか？」

「おお、そうですか。あのー、週になんどか、ミナミミュージックスクールっていうところで、ウッドベース教えてるんですよ。ちょっとすみませんいま名刺ないんで……。ミナミミュージックスクールで検索してもらったら出てきますんで」

「おお、そうですか。それは楽しみです、ぜひ行かしてもらいます」

「ありがとうございます、お待ちしてます」

堅田さんはもういちど席に帰りかけて、また戻ってきた。

「私、ほんまにジャズ好きで、ベース好きで、若いときちょっとほんまに、こっちに進みたかったんですけど、あきらめてしもたんですわ」「おお、そうですか」

「だからね、これで飯食ってるひと、尊敬します。私はもう、仕事もあるし、こうはなれませんけども。でももういちど、音楽やりたいと思ってました。今日はいい機会もらいました、ありがとうございました。連絡します」

俺も思わず姿勢を正して、頷いた。

堅田さんが席に戻ったあと、菊池が氷水を飲みながら呟いた。

「飯、食ってますかね俺たち」

俺も思わず笑う。「まあ、俺はいまんとこ、この店とミナミの教室と、そのあいまのライブでなんとか生活はできてるけどな」

「あのね、こないだからずっと悩んではるやないですか」

「あ、俺？　うん」なんか照れくさくて恥ずかしい。

菊池は上着のポケットから、小さなプラスチックのケースを取り出す。蓋をあけると、銀色のシートに小さな粒が並んでいる。

「俺、夜寝られへんのですわ」

「え、菊池くんが。マジで」

「ぜんぜん寝れないです」

「なんか意外やな」

「そうでしょ。これ誰にも言ってないんやけど。まあ言うことでもないけど」

「これ薬？」

「わりと強いやつらしいです。三種類ぐらいいま飲んでます」

「そうなんや」

「俺もね、飯食えてるんですよ」

「うん」

「新地やミナミのラウンジと、ライブと、あと俺は教室じゃなくて個人レッスンやけど、けっこう忙しいです」

「忙しいやろな、さいきん関西でも売れっ子やからな」

「そんなことないけど。でも、まだ実家やし。それでなんとか暮らしていってます」

「そうか」

菊池はちょっとふざけた感じで聞いてきた。「まだ録音とかしてるんすか？」

「あははは。いや、もう録ってへん。こないだ光藤さんからも言われたし」

「そうなんや。何言うてはったんですか」

「うん、いや。これベースの音程だけじゃなくて、ピアノの調律狂ってるんちゃうかって」

「ひょっとして、西九条の『ドルフィー』ですか？」

「あ、そうそう。ようわかったな。なんでわかったん」

菊池は大声で笑った。「あっこのピアノ、弾いててめっちゃ気持ち悪いです。前からちゃんと調律してってマスターにお願いしてんねんけど、たぶん経営も苦しいんかしらんけど、ぜんぜん直してくれないんですよね」

「そうなんか。いや、まあ、俺はあそこのピアノそんなに外れてるって思ったことないし、あと他の店で録ったやつでも音程が悪いから、それだけじゃないやろけど。でもなんか、そうか」

「なんかね、意外にそういうのが原因だったりするもんですよ」

「そうか」

菊池はしばらく無言で、手元のグラスをじっと見つめた。

「あのね、俺、ちょっと前にメキシコ行ったんですよ」「ああ、言うてたな」「でね、そこで、地下鉄乗って。そしたらね、あれわりと昼間やったかな。わっかい女の人が乗ってきて。バイオリン持ってるんですわ」「へえ」

「で、その昼間の地下鉄の、走ってるそのなかで、そのひとがバイオリン弾きだしたんです」

「へええ、ええなあ」

「めっちゃ良かったです。急に始まったからびっくりしたんやけど。でもみんな普通に聴いてて。あれよくあるんかな」

「メキシコシティで？」

「そうそう」

「パリとかやったらありそうやけどな」

「そうやねん。でもメキシコでもたぶん多いんちゃうかなあ。でね、あれたしか、バッハの無伴奏バイオリンソナタでした」

「また渋いところ弾くなあ」

「いやほんま、めっちゃ良かったんですよ。昼間の、メキシコシティの、ちょっと治安悪いとか言われてる地下鉄のなかで、いきなりバイオリンでバッハですよ」

「いやそれ最高やな」

「でね、乗客も、うるさいなんて一言もいわずに、むしろみんな喜んで聴いてるんです。でね、終わったら、みんな彼女のところに行って、チップ渡してました」

「へえええええ」

「なんかねえ、いいなあって思って。あんなんして飯食っていけたらええやろなって」

「ああ……。ほんまやな」

「ねえ。俺たち飯食ってますけど、これって偉いことなんですかね」

「そりゃ、あのさっきの堅田さんみたいなひとから見たら、そりゃそうなんちゃうかな」

「そうですねえ。なんかね」

「うん」

「映画なんかでよく、ドラマチックなやつありますよね。天才と凡人の葛藤とか。最後に、なんか素晴らしい、なんか魂の演奏みたいなんするやつ。あんなんほんとぜんぜん、俺たちの生活には関係ないですよね」

菊池のグラスの氷が、いつのまにかぜんぶ溶けて、死んだような、生ぬるい水になっている。水はもう、息をしていない。

「飯が食えてまう、っていうのも、怖いですよね」


B♭7は、E♭に帰るため。F7は、B♭7に帰るため。Cm7は、F7に帰るため。Cm7はF7に帰ってくる。F7はB♭7に帰ってくる。B♭7はE♭に帰ってくる。

そこで旅は終わる。

ただいま。

おかえり。

昨日の深夜、西九条の「ドルフィー」のマスターから、店を閉めるから、という電話があった。ほんまにやめるんですか、店。おお、僕ももうええ歳やからなあ。七十すぎて、家族もおらんし、店の経営も正直キツいし、そろそろ潮時や思て。そうかあ。ちょっと前に閉店になったミナミのジャズクラブに続いて、これで今月だけで二軒も古いジャズクラブが消えてしまうことになった。

とりあえず、年内は続けるから、ということで電話を切った。何人かにはすでに連絡してあるらしいけど、いちおう光藤さんとか菊池とかカナコとか葵さんとか、知りあいの関西のミュージシャンにメッセージやメールを送った。光藤さんはすでに直接連絡をもらってて、ふたりで相談して、年内いっぱいで閉めるなら、大晦日に年越しセッションしようか、ということになった。いうても、もうすぐやな大晦日。そうですね、もうそんな季節ですね。

大晦日は大阪の街も、せわしないのか静かなのか、よくわからない雰囲気になる。

西九条の駅から出たところの商店街を歩く。大晦日の夕方は、ふだんは寂れた商店街でも人通りが多い。みんな厚着をしてマフラーを巻いて、家族のための買い物をしている。強い冬の風に電線が揺れている下を、自分で編んだもこもこの真っ赤なセーターを着たおばあちゃんが、おなじぐらいおばあちゃんのペキニーズを散歩させている。ペキニーズをよけてラーメン屋の出前の自転車が颯爽と通り過ぎ、その横で自販機にコーラや缶コーヒーを補充するおっちゃんが二人で、立ったりしゃがんだりしている。みんななんか目的があって、仕事があって、家族があって、なにかを考えたり思ったりしている。

そういうものに縁がないまま、俺はもうすぐ四十になろうとしているけど、でもそれなりにやっぱり大晦日はいかにも大晦日で、好きだなと思う。賑わっているのに、みんなどこか妙に静かで、真面目だ。

俺はあいかわらず美沙さんに連絡ができないまま、北新地でベースを弾き、教室で教えて（あの堅田さんはあれからすぐに音楽教室に連絡がきて、俺の教室に入学し、月イチぐらいのペースだが定期的に通っている)、そのあいまにライブをするという、もうここ何年も続く、変化のない生活を送っていた。

小さな、寂れた商店街を抜けたところにドルフィーがある。古い雑居ビルの地下に下がる階段をおりる。階段の壁や天井は黒いペンキで塗られていて、ビラやポスターが剝がされた跡が大量に付いている。店の入り口には小さな立て看があって、チョークで簡単に「最後の年越しジャムセッション」とだけ書かれていた。今日は店のウッドベースを使わせてもらうので、手ぶらだ。特にジャムセッションのときは大勢のひとが同じ楽器を触るから、自分のベースはできれば使いたくない。

かなり早めに着いたのだが、ドアを開けると満員の客の話し声やレコードの音がどっと流れ出てきて、押し戻されそうになった。カウンターにもテーブルにも客が溢れかえっている。顔見知りのミュージシャンもたくさんいた。バーカウンターのあたりには光藤さんや菊池、カナコ、葵さんなど、いつものメンバーがいて、マスターを囲んでなにか話している。

「あの写真てさ」カナコがマスターに聞く。「あれ山下洋輔ですよね」

マスターが、カウンターの奥に飾ってある古い色あせた写真を見て頷く。「ああ、あれな。あれは二〇〇一年ぐらいやな。ちょうど二十周年でな、いろいろたくさんゲスト来てもろて。山下さん、昔ちょいちょいライブしてもろてたよ。客もよう入った、立ち見でた」

「今日も立ち見でるな」

「せやな」カウンターのなかに関大や阪大のジャズ研の学生が何人かヘルプで入っていて、ビールの小瓶を出したり小皿にミックスナッツを入れたり忙しそうに働いている。「こういうのも久しぶりやわ」

店の奥を見ると、堅田さんが来ていて、俺に手をふった。律儀にスーツで、遠目にもわかるぐらいガチガチに緊張している。俺も笑顔で手をふりかえす。弾いてってや、と、口パクで伝えると、堅田さんも真剣な顔でうなずいた。

光藤さんがビールの小瓶を片手に近寄ってきた。「おお」

「あ、どうも。はじまる前からいきなり飲んでんの」俺は笑った。

「まあ今日はお祭りやからな。弾きたがるやつ多いやろし」

「そうですね」

菊池も、今日は俺も飲もうかなとか言いだした。カナコも飲め飲めと煽っている。「もうええか、今日ぐらい。ほな角くださいロックで」

「いきなりか」

「一杯だけやねんからいいやないですか。ロックでもハイボールでも一杯は一杯ですよ」

「そりゃそうや」

「ほな私もー。私シーバス」

「なんでカナコだけいい酒飲むねん！」

「マスターこれ店のおごりやんな」

「それ千円やで！　あとでちゃんと金置いてってや！」

　葵さんはすでにけっこう酔っているようだ。「あたし梅酒おかわりー。ダブルでソーダでな」学生が元気に答える。「はーい！」

「あ、この子、葵さんのお弟子さん？」

「そうやねん！　関大の学生さん」

「よろしくですー」

「おお、あとからなんか歌とてな」

「いやや一先生おるから叱られる」

「先生そない厳しいんか」

「めっちゃ厳しいです」

「あんた何言うてんのあたしめっちゃ優しいやんか」

「いやこれ絶対厳しくしてんちゃうん葵さん」

「ちょっともうやめてやーこの子かわいがってんねんから。ええ歌歌うで」

「え、ほんまですか。ありがとうございます。はじめて褒められた」

「わははは。やっぱり厳しいな」

「そんなことないやんかいつも褒めてるやんか」

マスターがカウンターの中から俺に声をかける。「そろそろかな」

「お、了解。なんか最初に軽めにやって、あとはもう飛び入りでいいですか？　その場で」

「おお。いつものジャムセッションやったらちゃんと順番決めるねんけどな、もう今日は最後やし、店じまいやし、年越しやし、もう飲みながら適当でええで。僕も今日は飲みながら見さしてもらうわ。カウンターのなかの子らもしっかりしてるし」

「ウチらは大丈夫ですよーがんがん飲んでくださいー！」

「おお、がんばれよー。マスターあんまり酔うたらあかんで」

「ははは、もうこの歳やから大丈夫」

「ほな最初は俺と光藤さんと菊池でなんか一曲やろか？　そのあと葵さん歌ってくださいよ」

「うん、ええよ。一曲いわんとたくさんやってや」

「いやもう俺らは今日はホスト側やし。ブルースかなんか」

菊池が笑う。「いやブルースはもっと最後のほうにとっとかないと、お客さんが」

「あ、ほんまやな。ほなまあ、適当にCandyでもするか」

「そんな感じで」

「葵さん何歌う？」

「なんかあたし最初からバラードしたいなあ」

「おお、いいですね」

「ハウロングできへん？」「またけっこう難しいの持ってきたな。葵さんCだっけ」「そう、C。せやからコーラスはG7から。バースから入るで」「あー、えーと譜面ないですか」

「あるある」「ほな、歌やるときにください」

がやがやと賑わっている大勢の客やミュージシャンたちのあいまを抜けて、店の隅っこの小さなコーナーまで行く。すりきれた緋色の絨毯に、古いボロボロのグランドピアノと、古いボロボロのウッドベースが置いてある。光藤さんのドラムセットもすでに組んである。銀色のマイクスタンドに金色のピンスポットが反射して、きらきらと光っている。

横たわっていたウッドベースを起こして、ボディの角を腹につける。左の膝をかるく曲げて、ボディを後ろから支える。アンプのスイッチを入れるまえに、軽くチューニングを確認する。菊池もなかば無意識に小さくE、A、D、Gを出す。

賑わっていた客席がちょっとずつ静かになっていく。

いちばん奥の、遠い客席に美沙さんがいる。目が合う。ふたりで同時に、ちょっと笑う。白湯を飲んだみたいに、胃の力が抜けていくのがわかる。ああ、なんか緊張しとったんやな俺、と思う。

誰もいない浜辺でシュノーケルをつけて、ゆっくりと海に入っていく。

息を止めて海に潜る。

水面から差し込む、銀色の光の筋。

Candyが始まる。ドラムの光藤さんが四小節のイントロを出す。テンポがめっちゃ速い。最初からこれか。菊池と顔を見合わせて笑う。

そういえばこの曲も、四度上のE♭から始まって、半音ずつ下りてきて、やがてトニックのB♭に帰ってくる。

Cm7はF7に。F7はB♭に。

天井の安っぽい昭和なシャンデリアや、ところどころに付いてるピンスポットから光の筋が差し込んでいる。マイクスタンドや、客が持つ酒のグラスや、昔この店に来た有名なミュージシャンの古い写真の額に反射して光っている。

菊池の右手の指が鍵盤の上をころころと転がる。あいかわらず音を出し終わった指を鍵盤から引き離すスピードが速くて、歯切れがいい。

3コーラスほどの軽めのピアノソロのあとで、ベースソロが回ってきた。これからカウントダウンを挟んで一晩中続くセッションの、最初の一曲めということもあり、俺も軽めに1コーラスだけ、ランニングソロを弾く。ドラムの4バースを回して、あっさりと曲が終わる。

拍手が湧く。客もみんな、楽しそうにしている。

葵さんが、客をかきわけてステージのコーナーにゆっくり歩いてくる。いつのまにかダークブラウンのドレスに着替えていて、胸元に派手な金色の飾りがたくさんついたネックレスをしている。それがまた店中の金色の光を反射して、きらきらと眩しい。

俺たち三人が待機しているステージの中央に立って、マイクを握って客席を向く。

「今日は大晦日の年越しセッションということで、頑張って金ピカつけてきました」

客席からどっと笑い声がおきる。

「もちろん本物ちゃいまっせ。これ京橋の京阪モールで買いました。なんぼやと思う？二千円やで！」

大きな拍手と笑い声。

「今日はおめでたい年越しセッション。ほんでもうみなさまご存知やと思いますが、残念なお知らせです。四十年続いたここドルフィー、今日で閉店です」

満席の客がみんな、しんみりと静かになる。

「考えてみれば、もう二十年前になりますか、実は大阪来て、最初に歌わしてもろたんが、このお店でした。マスターほんまにありがとう。姫路の大きな工場ばっかり並んだ、油臭い下町の、貧しい家庭で生まれ育って、音楽とも無縁だったのが、中学校の先生からジャズを教えてもらって夢中になり……ちょっとこれあと三時間ぐらい喋ってええかな」

「年越してまうで！」客席からツッコミが入る。

「はいはい、ほなさっさと歌いますから、みなさん聴いてください。でもほんと、今夜のこの時間を、みなさんと共有できて、幸せです。

ほんで楽器のできる方、あとからジャムセッション始まりますので、遠慮せんと弾き倒して帰ってくださいね！　それでは今年もお世話になりました。How Long Has This Been Going On? です」

菊池がすぐにイントロを出す。コーラスに入る前に、まずはバースから。歌の「前説」みたいなものが、たいていのスタンダードナンバーには付いていて、そこから歌い出すボーカルも多い。

ピアノとふたりで、葵さんがゆっくりと歌い出す。

'neath the stars, at bazaars
Often I've had to caress men
Five or ten, dollars then, I'd collect from all those yes-men
Don't be sad, I must add, that they meant no more than chess-men
Darling, can't you see?

'twas for charity?

菊池が優しい。葵さんも、足の裏全体に体重をかけて、肩の力を抜いて、静かに喋ってるみたいに歌っている。

ベースと一緒に立って、葵さんからもらった譜面を眺めて、ピアノとデュオで歌われるバースにじっと耳を傾ける。光藤さんもドラムセットの前に座ったまま、スネアのスナッピーをオフにして、余計な音が出ないようにしている。

カーメンだな、これ。

この曲はいろんな歌詞のバージョンがあるけど、葵さんが歌い出したのは、若いころのカーメン・マクレーのアルバム「ブック・オブ・バラード」のなかで歌われている歌詞だ。

バースが終わって、コーラスに入ろうとしている。菊池がキューを出す。俺はいちばん低いポジションで、最初のGを押さえる。バックの三人がいっせいに音を出す。

I could cry salty tears
Where have I been all these years?
Listen you, tell me do
How long has this been going on?

最初の四小節、Ｇ７からＧディミニッシュへ、そしてまたＧ７に戻り、四度ずつ、Ｂ♭まで上がっていく。光藤さんのブラシが、絹をこすり合わせるような音を出している。
きれいなコードだよな、ほんとに。

Don't wake me if I'm asleep
Let me dream that it's true
（なんか電話かかってきたんやったかな。家で寝てたから、昼間か、夕方やな。夕方かな。ほんで、いそいで淀川の河川敷まで行って）

Kiss me once, kiss me twice
Then once more, that makes thrice
Come on let's make it four
（夜遅くに帰ってくる私の体は冷たくて、でも娘も猫もそんなことおかまいなしに、がんがん入ってきよんねん。子どもの体温って熱いやんか）

What a break, for heaven's sake
How long has this been goin' on?

（不思議やな。でもちょっとそれ怖いな）

（怖い？）

（うん、人間要らんやん）


エンディングはルバートになって、ふたたび葵さんと菊池の二人きりになる。

息を止めて、深く、暗いところに潜っていく。

やがてゆっくりと、ゆっくりと浮かび上がってくる。

曲が終わると、一瞬のあいだ静かになる。そして拍手。

次のカナコのトリオに譲るために、俺たち四人は客席にむかっておじぎをして、また賑やかになった店内をカウンターまで戻る。

マスターが唸る。「あいかわらず葵ちゃん、ええダシ出てんなあ、声」

「やめてやそういう大阪風の褒め方。なんでもダシかいな」

「いやほんまですね」菊池も笑う。「めちゃめちゃ良かったです。いつもいいけど、きょうほんまいいです」

「そうか？　頑張って金ピカつけてきた甲斐あったかな」「それほんまめっちゃ眩しい」「これ二千円やで、ほんまやで」「そういうところが大阪やねん」「さっきもゆうたけど私大阪ちゃうで姫路やで」

俺は手にハイボールのグラスを持って、客のあいだをすりぬけてゆっくりと店の奥に行く。

隣に座る。

「なんで今日ここってわかったん？」

「たまたまネットで見てん。名前出てたから」

「あ、そうか、ホストのメンバーだけ書いてたなそういえば」

「うん」

「ありがとう。どうやった？」

「めっちゃ良かったで」

「おお、ほんまか」

「うん、初めて聴いた」

「そういえばそうやな」

「ていうか、こういう生演奏自体が初めてやなあ」

「そうなん」

「うん」

「なんか飲み物持ってこよか？」

「ありがと、まだあるから大丈夫」

「そうか」

「うん。ええ店やな」

「そうやねん。ええ店やねん。でも今日で最後やねん」

「初めて来たのに、今日が最後やねんな。もったいないな」

「そうやな。もったいないな」

カナコがピアノの前に座る。今日は俺と光藤さんじゃなくて、自分のピアノトリオだ。ベースは同じ音大にまだ在学中の若い学生で、さいきん東京にもよく演奏しに行っている、売り出し中のやつ。ドラムは関西ではほとんど大御所といってもいい世代のひとで、俺も若いころお世話になった。ここ半年ほど、カナコは関西ではこのトリオでよく演奏している。

葵さんの歌が終わってまたざわつきだした客のことも気にせずに、MCもせずにいきなりイントロを弾きだす。

超高速のGiant Stepsだ。俺は思わず大声で笑う。

「どしたん？」

「いやいや、この曲……なんていうか、〝ラスボス〟みたいな曲やねんこれ」

「ええ？」美沙さんもつられて笑う。

「なんていうんかな。ウルトラＣっていうか。難曲だし、こういうお祭りみたいな夜に派手に演奏するにはぴったりの曲」

「へえええ」

「でも難しいんだよねこれ」

「そうなん」

「うん、めちゃめちゃ難しい。あのね、指をおもいっきり広げて、あいだをシャーペンで高速でカンカンカン！　ってやる遊びあるやん」

「指に突き刺さらんようにするやつ？」

「そうそう、あれあれ。あははは。あんな感じ」

ベースとドラムが顔を見合わせて苦笑いしている。カナコはひとりでイントロを弾きまくっているが、もはやそれはイントロでも何でもなく、ただコルトレーンの着想を無限に展開した、なにか独自の言語のようなものになっていた。

曲の切れめが一瞬だけ見えたその瞬間に、ベースとドラムがほぼ同時に割り込んだ。さすがだ、よく聞いている。

超高速で回転するコード進行。通常のスタンダードナンバーではありえない音の飛び方をする。

そのコードの上を、カナコが自由に飛び回っている。鳥の歌のようにも聞こえるが、ものすごいスピードで文字を放(はな)っているようにも見える。

音で喋ってるんだなと思う。超高速で、語ってるんだな、音で。これは十二個しか文字がない言語なのかもしれない。

意味も伝えない。音としての言葉だけでできた、純粋な言語。

ベースも目を閉じて、必死になって音を放っている。ドラムはさすがにこのテンポでも余裕があるようだ。

やがてカナコの言葉にバグが混じり出していく。「てにをは」が乱れ、誤字脱字が爆発的に増える。

「おお、今日のカナコすげえな」

この世に存在しない単語、これまで口にされたことのない言葉だけでつくられた文章が、時速200㎞で通り過ぎていく。

言葉とノイズの中間の、ただの文字。ただの音。

ピアノを弾く顔が完全に無表情になっている。

ああ、いまあそこにいないんだな。

あのなかにいないんだ。脳のなかにいない。

指になっている。いや、指が出す音になっている。

ピアノソロがだんだんと崩れていって、がらがらと解体した。ベースもドラムも、音を出すのをやめる。ピアノだけが残り、たったひとりで弾き続けている。もはやコードもテンポも何もない。

立ち見が出るほどの満席の客もひとことも発しない。

完全に崩壊した瓦礫の山を、カナコがひとりで歩いている。あちこちでまだ火が燃えていて、煙が立ち上っている。

気がつくとカナコは、いつのまにかGiant Stepsのテーマに戻っている。ベースとドラムも、瞬時も遅れることなくふたたび演奏に加わる。

三人でそのままエンディングに突入していった。一瞬だけブレークしたあと、ぐちゃぐちゃになって曲が終わる。

カナコが、エンディングの終わりの最終の最後の一音を出し終わると、数秒間を置いて、店内に響き渡る拍手と歓声が起こる。

菊池も光藤さんもマスターも葵さんも、カウンターのところで感嘆して立ち上がり、大きく拍手している。

ライブはしばらく休憩時間に入り、軽いＢＧＭが流れて、照明が明るくなり、客もまたざわざわと喋り出した。

いつのまにか年を越していた。

ハイボールのおかわりをもらおうとカウンターに行ったら、菊池が話しかけてきた。

「いやーすごかったですね」

「いやほんまカナコさすがやな」

カウンターに戻ってきていたカナコが答える。「なんかいっかいめっちゃフリーでやりたかったんですよ、Giant Steps。あんな感じで」

「ベースとドラムもさすがやな。よう付いていくな」

「ねえ、いま叱られました」みんなで笑う。

菊池が天井を見上げて呟く。「おれもバークリー受けてみよかな」

「一緒に行きましょう！」

光藤さんも、俺もまた東京行こうかな、と言い出す。マスターが笑う。「だれも大阪おらへんくなるがな」「わははは。ほんまやな」

「でも店も減っていくしなあ」「そうやなあ」「そうですね」

菊池が真面目な顔をして言った。「でも、やっぱりいいですね」

「そうやな」

「なんか、やっていくのが怖くなることもありますけどね」

薬の話を思い出す。

「ああ」

「なんかね、俺はビル・エバンスにもウィントン・ケリーにもなれないですけどね」

「うん」

カウンターのなかの、ヘルプの学生がハイボールを手渡す。「めっちゃ濃くしときました」「あははは、ありがと」

「まあ、たまたまいまこういうの聴いて、そういう気分になってるだけやと思いますけど」

「ほんまやな」

「折り合いもつかんけど、やめたりもしないんでしょうね」

俺はハイボールを一口飲むと、そうやなあ、と呟いた。

「きょう地下鉄朝まで動いてるよね」

「そうだと思います」

「俺、そろそろ帰るわ」「え、まじですか。朝までやりましょうよ」「うん、そうしようと思ったけど。今日は帰る」

「そうですかー」

「うん、ほな」

「はーい、お疲れ様です」

「マスター、ありがとな。長年ほんとにお疲れ様」

「おお、ありがとうな今日は」

「こんど普通に飲もうや」

「ほんまやな。また電話するわ」

「うん」

常連さんや知り合いのミュージシャン、それからさあ弾くぞと両手の指を組んでひねったり裏返したりして大真面目な顔でウォーミングアップしてる堅田さんに挨拶して、美沙さんの席に戻る。

「帰らへん？」

「ええの？」

「うん、もうええねん。他にもベースのやつおるし」

「そうなん」

「地下鉄まだ動いてるし。帰ろう」

「うん」

今日は車も通らへんな。
そうやな。
私、車の音聞くと、海の波の音を思い出すねん。和歌山の実家がほんまに田舎で、まわりに海と、あと大きな国道しかないとこ。
そうなんや
家もない。ほんまに……。あれは何やってんやろ、畑とか田んぼもないねん。家もない。
じゃ何があったんや
な、ほんま不思議。ほんまになんにもない……なんか、草とか生えてたりとか。あと海かなあ……。

月の光もなく、車のヘッドライトも通らないと、この部屋は真っ暗で、美沙さんの背中もよく見えない。あのときの展望台の上よりも暗いな、と思う。

だから、国道の車の音聞くと波の音みたいやなって思うし、波の音聞くと国道の車の音みたいやなって思う。ほんまに田舎やったな。

そうなんや。

でも海きれいかった。

そやろな。

きれいっていうか、怖い。

怖い？

和歌山の海って、ほんまに青が濃くて、ほとんど黒いねん。黒いほど青いねんか。でな、砂っていうよりもうすこし大きな、小石ぐらいの砂でな。浜が広いねん。

そうやなあ。

行ったことある？　あ、そういえばなんか、ひとりでシュノーケル行っててんな。

でもそんなだだっ広い浜辺には行かへんかったけど。もっと狭い岩場みたいなとこが好きやった。水も透明やし。

ああ、なんかそんなとこあったわ、実家の近所にも。近所っていうか、車で十五分ぐらいかな。ようお父ちゃんに連れてってもろた、子どものころ。十歳とか……。

そうか。

十歳ぐらい。海に
あのな、
うん、
もっかいリリアンの話して。

ははは、またか。もうええやんか。何回聞くねんええやんか、久しぶりやし。
いややや、もう
あかんの
あかん。
そっか。
あのな、さっきピアノ弾いてたやつおったやろ。菊池っていうねんけど
あ、あの若いピアノのひとな。最初に弾いたひと。
うん。
次の女のひともすごかったけど、あのひとも上手やったなあ。
そうやねん。で、すごいいいやつやねん
なんかそんな感じ
あいつがな、こないだメキシコ行ってたんて。
メキシコ?
遊びやと思うけど。でな、地下鉄乗ってたんやて。メキシコシティの地下鉄。なんか治安悪いとかよう聞くけど、そんなことないんやて。
へえ
あいつがその地下鉄乗ってたらな、昼間やったかな。女のひとがバイオリン持って乗っ

てきて、車内で弾きだしたんやて。
へええ
バッハの無伴奏バイオリンソナタやったらしい。
どんなん？
えーとね、どういうたらええかな。静かで、ひとりで、抽象的で、美しい感じ。
そうなんや
それをメキシコシティの地下鉄で弾いてたんやて。ほんで、なんか演奏が始まっても、うるさいって誰も言わずに客が見てて、弾き終わったらみんなちょっとずつ小銭を寄付したりしてたんだって。
なんかええな
そうやねん、なんかこういうのがいいと思う。理想
あの、あびこ中央んとこに、バレエ教室あるの知ってる？
え、そんなんあったっけ。
あるよ。小さいとこやけど。ようあたまお団子にした小さい子らがわらわらって出てくるよ、夕方なると
そうなんや、そんなんあってんな
あってん。で、こないだな、あっこのライフで買い物してて、バレエ教室の前通ったと

き、小さい子らがたくさん出てきて。

うん。

練習終わったばっかりで、みんなわいわいしててんやんか。

うん
そのまま路上で、みんなで、たぶんいま覚えたばっかりなんやろな、振り付けの練習かしらんけど、みんなで踊りだして。

それがすっごい良かった。みんな、そのへんの、ただの我孫子の、たぶん地元の子どもらやから、そんな上手いか下手なんかわからんけど、でもすっごい良かった。

みんなきれいだった。

動きが。夕方で、商店街で、ふつうに、大阪の、こんな場末で。子どもたちもみんな普通。たぶん下手やと思う。でもすごいきれいやった。

なんか、踊りがっていうより、その場面が。場面。夕方で。

俺もそれ見たかったな。

うん
子どものとき何かしてた？

私？

なんかそういう、バレエとか、ピアノとか

ぜんぜん、ぜんぜん。めっちゃ田舎やったし。和歌山の。

海と国道？

海と国道。波とトラックの音。

お父さんは家の畑で農家してた。田んぼかな。いろいろあったと思う。ぜんぜん子どもやったから、ときどき手伝ったりしてたんやけど、なんかいろいろ作ってたはずやけど、あんま記憶ない。

ずっと農家？

そうやと思う。お母さんは、何してたかな。専業主婦やけど。自宅でクリーニングの受け取りとか、宅配便の代理店とか。

ああ、なんかそういう家あるな、田舎いくと
そうそう。ときどき、国道沿いのめっちゃ大きな回転寿司の厨房でパートしてやった。

私一人っ子やったし、かわいがられたと思うで。

なんか………なんかあんまり喋ることないな。ははは。なんか、自分のこともっと喋ろ思ったんやけど。喋りだしてみるとなんにも喋ることないわ。

車も通らない。波の音もしない。

いつもの真夜中よりももっと暗い。

これまでの真夜中のなかで、いちばん暗い。

聞きたいことがたくさんあるし、伝えたいこともたくさんあるのに、何も言えない。言葉にしないとわからないのに、何も言葉にできない。

だから俺たちは、いままででいちばん暗い真夜中のなかで、ひとつの大きな空洞のまわりを、いつまでもぐるぐる回っている。


いつまで地元におったん？

高校出るまで。

思い出したくない？　話したくない？

ええよ、ぜんぜん。

そうか
聞いてくれるの？

うん、
思い出せるかなあ。

なんかな、私ほんまに普通の子やってん。勉強も中ぐらい、そんなに派手に遊ぶわけでもない。ほんまめちゃ普通。

リリアン好きやってんな

そうやな、ふふふ。でも別にリリアンばっかやってたわけちゃうで。

そりゃそうやろ
なんか、他に何が好きやったかな……。そんな、これが好き、とか、なかったな。

彼氏おったん？

まあ、高校のときにおったようなおらんような……。ふたりで一緒に帰るぐらいかな。

それもすぐせんようになって。自然消滅っていうか、別に傷もつかんかった。自分でも忘れてたぐらいやし。

自分は彼女おったん？

俺？

うん
いままで？　まあ、そうやな……。大学やめてから三年ぐらい付き合った子はおったな。

美章園に住んでた子。俺の下宿も近かったから、わりとよう会うてたな。

あの、阿倍野のこっちの？

そう、その美章園。ＪＲあるやろ。あの近く。

そっか
まあ、別れた。

いちばん思い出って何？

思い出？
その子との。
思い出って、いい思い出？
なんでも。いいのんも、悪いのんも
舞踏会見た
ぶとうかい？
ははは、あのな、あれ中之島の公会堂やな。
ああ、あの、古い建物
なんかあのへん散歩しとってんやんか。ほんで、その美章園の彼女と、なかに入ってん。
自由に入ってええかわからんけど、普通に入れた。
なかもきれいなん？
いっかいリフォームしたらしいけど、すっごい大正時代みたいな建物。雰囲気残ってるねん。
へええ、行ってみたい
また行こ。ほんでな、なんかあんまり覚えてへんけど、細かいこと。階段登っていったんやんか。階段。螺旋階段みたいなんがついてた。螺旋ちゃうかったかな。なんか木の、立派な階段。

ところどころにランプが付いてて、金色に光って。ぴかぴかに磨いた手すりに反射して。

ずっと上まで登っていった。

いちばん上に、大きな扉みたいなのがあって。誰もおらへんし、すごい静かやってんやんか。

大きな、木の、重い、立派な扉があって。

開けたらな、金色の明かりがな、うわああって。

うん。

ばーーって、音楽が。わわわってなって。

イブニングドレスっていうのかな。あとスーツとかタキシード？　なんかああいう、夜会服みたいなん着たひとらが、何百人も、大広間にいっぱいいて。

へええ。

たぶんみんなふつうの、大阪のおっちゃんやおばちゃんやと思うけど。

あははは。

音楽がすごい鳴ってて。なんか大音響で。わああって響いてた。

へえ

みんな、なんか円になって、ぐるぐる回りながら、二人ひと組になって、踊ってた。

舞踏会やな

舞踏会やった。

なんかまだちょっと想像できへんけど。

俺もなんか、へんな夢見てるみたいやった。めっちゃ、なんか中之島が、ベルサイユみたいなってた。

ベルサイユやな、あははは
うん。

その彼女とはどうなったん?

うーん……あんまり覚えてへん。なんか、むこうは結婚を急いどったな。俺は大学も中退して、もう音楽やるつもりでおったから。

そうなんや。ちょうどそんな年齢やったんかな。

ちょっと早かったけど。まあ、別れるときそう言ってたけど、なんかほんまは別の理由やったんかもしれんけど。

いちばん俺を傷つけんような理由を言うたのかもしらん。

ああ、そうかもしれんけど。でもほんまにそうやったんちゃう?

そうかな
そうやで。

そうやな、そうやろな。

真っ暗な部屋のなかに、wi-fiのルーターの青いランプや、換気扇のスイッチのオレンジ色の灯り、待機中のオーディオのアンプの、入力表示の青白い文字が、かすかに、静かに光っている。

よく見ると、部屋のあちこちに、小さな小さな灯りがたくさん光っている。

でも、それはみんな小さすぎて、明るさもかすかで、ぜんぶ合わせて一緒にしても、あいかわらず部屋は真っ暗だった。

夜の海の暗さを思い出す。

一度だけ、日が暮れて夜になってから、海に入ったことがある。

あれはどこだっただろうか。和歌山か。

浜辺に駐車した車のなかで寝てしまって、起きたらすっかり夜になっていた。俺は寝ぼけてしばらく海を見ていたが、蒸し暑い夜で、潮水に濡れるのもかまわず俺はその暗い海に潜りたくなって、もういちど着替えて水着になって、ちゃぷちゃぷと波打ち際から水のなかに入った。

水の黒さに驚いた。

陸の上は、和歌山のどこかの、ひと気のない、岩場だらけのそんな場所でも、何かしらの灯りがあり、遠くには高速道路も見えていて、街路灯やコンビナートや月や星も光っていて、灯りなしでも岩場を歩くことができるのだが、腰までつかったその海の、その暗さ、その黒さを見て、俺は怖くなった。
それまで海のなかで、どんなに波が荒れていても、流れが速くても、怖いと思ったことなどなかったのだが、その夜は、真っ黒な海の水が怖くて、腰までつかるのが精一杯で、そのまま引き返してしまった。

美沙さん、結婚してたの？
してない。
そっか。
うん。
ごめん
ううん
こういうのって話したくないんかな
そんなことないで
そっか
じゃ、子どもだけできたの？
うん。

男はどないしたん
知らんと思う。

え？

私が知らんのやなくて、向こうが。あのな、たぶん、いまでも知らんと思う。

そうなんや。

自分に子どもができてて、それが十歳ぐらいまで大きなってたっていうことも知らんかったと思う。

そうか。

もちろんどうなったかも知らん
そうやねんな。


私も若かったし。若かったっていうても二四とか五とかやったけど。まあ、よくある話やねんけどな。

私、十八で高校出て、それから大阪の専門行っとってんやんか。難波にある学校やねんけど。

大国町に住んでた。毎日ミナミで遊んどった。いうても、専門の友だちとお茶したり、やっすいコスメとか買ったりとか、そんな感じやけど。あんまりお酒とかは飲んでない。

せっまい狭いワンルームやってんけど、和歌山の、海と国道しかないとこから来たから、楽しかったな。ミナミからやったら歩いて帰れるからな。あのへんガラ悪いけど。一階が焼肉屋で、ベランダの洗濯ものに煙の匂いがつくのが嫌やった。

すぐ慣れたけど。

何でもすぐ慣れるねん。

専門で、ちょっと男の子と付きあったりとか。私はそれまでずっと、地味な、普通の子やったから、なんかそれもうれしかった。ミナミで二人で、道頓堀のやっすいファミレスみたいなところでハンバーグ食べたりとか、そういうことがめっちゃ楽しかった。梅田もよう行った、映画とか。エストとか。

傘買ってくれたな……そう、傘。いっつも六百円ぐらいのビニール傘使こてたから、買ってくれた。ちょっといい傘、五千円ぐらいの。

優しい子やった。

傘、どこ行ったかな。久しぶりに思い出した。あれどないしたんやろ。引っ越すとき捨てたんやろか。黒い布の傘で、まわりにちょっと白いレースみたいなん付いてるやつ。

美容系の専門来てるような男の子やから、映画とか好きな子で。よう映画館行ったり、レンタルして見たりしてた。なんか難しそうな映画も見てたけど、ほんまはミュータント・タートルとか、そういうのが好きやったと思う。

誰の、どんな映画かぜんぜん知らんけど、覚えてんのは、なんか主人公が、夜の、荒地みたいなところをさまよってて。

なんか巨大な、病院とか工場の跡地みたいな廃墟があるねん。めちゃ静かで、無人で、真っ暗で、誰もいないとこひとりで歩いてるねん。

そしたら、その廃墟の、急に巨大なドアが開いて、なかがクラブになってて、みんな踊ってるねん。いきなりめっちゃ眩しくて、大音響で。

さっき舞踏会の話聞いて、思い出した。あれと同じやな。我孫子町の路上のバレエとか。みんななんか似てる。

一緒に見た映画、なんにも覚えてへんけど、なんかあの急に巨大なクラブみたいなんに入っていってしまうシーンだけ覚えてる。

お金なかったけど、一緒に映画見るの楽しかったし、優しい子やった。

でも、まあ、専門のときの同級生やからな。別れるのも簡単。北陸のほうの出身の子やったけど、学校出たら実家帰らなあかんくなって。さいしょは遠距離するつもりやってんけど。でもまあ、お互い若いし。連絡が途絶えるのもすぐ。

ぜんぜん連絡とってない、ていうか、もう連絡先残ってへんのちゃうかな。

あれ何やろな。

めっちゃ偶然に出会って、ていうか、ひとってみんなすごい偶然で出会うよな。学校も、スナックも、たくさんあるのに、なんかすごい偶然で出会って。でもほとんどはただ出会うだけやねんけど、でもそのなかで、またすごい偶然があって、付き合ったり。

でもその偶然って、ぜんぜん意味ないねん。


寒くない？

大丈夫。

大丈夫大丈夫と言いながら美沙さんは、ベッドのなかに入ったままもぞもぞとパーカーをかぶった。

寒かったんやろ
ふふふ。うん。

室温が下がってきた。ガスファンヒーターを点ける。小さな青い炎が、小さな窓のむこうで光る。

なんとなく不吉なことを想像するけど、俺はすぐにそれを頭から振り払う。


専門出てすぐに働いた店も、たまたま見つけたとこ。なんか学校から紹介されて。四天王寺の。大国町からチャリで行けるとこだったし。

でっかい国道をな。南海のガードくぐって、高速道路の下くぐって、天王寺公園のフェンス沿って。

あのとき二十歳ぐらいやったかな。

最初の店は、わりと四天王寺の、人通りの多いところにある店で、昔から地元でやってるわりと大きな店で、ちょうど二つめの店を出したところで、それで引っ張られてて。

でもいまでいうブラックなとこで。休みもなかったし、毎日店閉めてから夜遅くまで、あの人形の頭みたいなんで練習したり、あと謎のミーティングとか。

オーナーがめっちゃワンマンで。毎日なんか、店閉めてから、二つの店毎日交代で、来るねん。だから二日に一回は、なんか全員で話聞かなあかんねん。

なんか水にありがとうって言ったら美味しい水になります、とか。そんな話。

二年ぐらい働いたかな……。なんとなく辞めた。しんどなって。みんなけっこう、すぐ辞めたり、また新しい子が入ってきたりするし。それで私もなんとなく。

次はミナミの、アメ村からすこし下がったとこにある店。そこもけっこう客多いとこやった。忙しかったけど、そこはわりと楽しかったな。ああ、これで一生やっていくんやな、と思った。独立するとかは考えへんかったけど、この道で一生生きていくんやろなと思った。

でもな、専門出て二十歳ですぐ働いて、そういうところで四、五年経つと、疲れてくるねんやんか。疲れてきた。どこもブラックはブラックやからな。そういう業界。

彼氏もまあ、おったけど、できてすぐ別れて、の繰り返しみたいな。忙しいねんなみんな。いろんな仕事のひとがおったけど、なんかみんな忙しいよな。ひとって忙しい。休みも合わへんし。土日休まれへんやろ私ら。月曜日と、あと平日の一日。それもないとき多かったし。夜も遅いし。

なんとなく自然消滅、みたいなんが多かった。


あの話もっかいして？

リリアン？　いや、もうええやんか
じゃなくて、あの、人間要らん話。

あ、音楽の？

うん。

人間要らん話じゃないねんけど。その話でもいいけど、もうすこし美沙さんの話聞かせてほしい。

私はもう、そんな喋ることないねんほんまに。


あの子の父親もな、別にたいした話ちゃう。なんかな、二四とか五になってて、さみしかったんか疲れとったんかしらんけど。仕事もめっちゃ忙しいし、休みはないし、歳だけとってくし。学校出たあとの私の二十代が、どんどんなくなっていく感じやってん。

子どもが欲しかってん。


美沙さんは俺の左手を取って、自分の顔の前まで持ってきて、両手で包む。

人間要らへんねんな。あの話好き。

あれ美沙さんが言ったんやで
そうやったっけ。

そう。

どっちでもいい。あの話好き。人間要らんって言って。

きれいな音の重ね方って、もう最初から決まってるねんな。

この世界に人間が生まれてくる前に、もう決まってたんな。

でも、たぶん、それを奏でる人間がおらんかったら、その音の重なりも生まれへんかったと思うけど。

美沙さんが俺の手を、両手でぎゅっと握りしめる。

音楽、まだやめたいと思ってんの？

思ってる。

そうなん。

きょうの、ドルフィーでのセッションは、すごい楽しかったけど。みんなの演奏もよかったし。お客さんのセッションも見たかったな。でもすごい、ほんまめっちゃ楽しかった。けど。

よかったやん。

楽しいこともあるねんけどな。

ピアノの調律かもしれへんねんやろ。

いや、あれは……。たぶん俺を励まそうとしたんちゃうかな。

そうかなあ。

と思う。

ぜんぶ自分のせいにするねんな。

演奏？

なんかほんまに自分のせいもあるやろけど。でも全部じゃないって、そのひと、ドラムのひと？　言いたかったんやろな。

そうやな。

でも自分で自分が許されへんねんな。

まあ、俺の話はどうでもええよ。

自分を許せないのは、誰かほかのひとを許してないんちゃう？　誰か、どうしても許されへんひとが他におるんちゃう？

そうかな。そんなんおらんけどな別に。

隠れとったんやろ？

え？

あの、お母さんが。

あ、母親が？　帰ってきたときな。ああ、あれもう、だって、五歳ぐらいのときの話やで。六歳ぐらいかな。小学校にも上がってへんかった頃の。

つながってんやで。

つながってるんかな。

つながってると思うねん全部。

親のことは関係ないと思うけど
まあ、そうやな。

めっちゃ忘れてたし。

あのな、リリアンってな、よう考えたら、あれ怖いねん。

何が？　手芸やろ？

きれいな、かわいらしい、手芸やねんけども。だってあれ、紐がだらだら出てくるだけやで。あれほんま、簡単で手軽で、でも意外に止められへんっていうか、なんかちょっと時間つぶすだけじゃなくて、あれけっこう意外に、ハマるねんか。なんか。意味なくめっちゃ紐つくってまうねん。

そうなんか。なんか、はっきりした使い道があってやってんのかと思った。

ないねん。使い道、まったくないねん。ほんまにない。

ええと、それで、私何が言いたかったんやっけ。

知らんがな。あはははは
うふふふ。何か言おうとしたんやけど。

ゆっくりでええよ。

なあ。きょうは、久しぶりやし。ゆっくりでええねんな。


夜明けまであと何時間だろう。

いま何時かもわからない。

なんかな、こないだ病院の待合室で雑誌読んどってんやんか
え、病院行ったの。大丈夫？
大丈夫。ちょっと婦人科系の。調子悪いときがあって。

そうか
大丈夫だいじょぶ。でな、なんかの雑誌読んでて、なんか女のひとが。きれいなひとやったな。記事を書いてて、そのなかで、お父さんから褒められるのがいちばん傷つく、って書いてたひとがいた。めっちゃわかるねんそれ。なんか妙に記憶に残ってる。
どういうことなの
あのね、お父さんから、かわいいねって褒められるのって、ありがたいけど、でもうれしくないって。
え、そうなの
いや、たぶん、そりゃうれしいと思うけど。でも、お父さんはたぶん、最初からそのひとのことをかわいいって思ってるんやろ。最初からかわいいって思ってて、だからかわいいって言ったと思うねん。
当たり前やろ
ほんでな、最初からかわいいと思ってるひとから、かわいいって言われても、それはありがたいけど、うれしくないねん。
最初はべつにかわいいと思ってないひとから、はじめてかわいいって言われないと、意味がないって書いてた。
ごめんちょっとわからへんくなった

私も……。どう言うたらええんかな。でもな、私な、待合室で、そないすごい感動したとかじゃないけど、なんかめっちゃ記憶に残ってるねんやんなこれ。

(優しいやつは、役に立たんのや)

俺は何を期待してたんだろう。うれしい、ありがとうと、大げさに喜んでほしかったんだろうか。

でも俺は、美沙さんを憐れんでるんじゃなくて、ほんとうに一緒になりたかった。

でも、それを正直に言うと、結局それは、励ましたり、憐れんだりしていることと同じことになってしまう。

もし、かわいそうとか思ってるんじゃなくて、純粋に一緒なりたいんやでと言ってもそれも、励ましで言ってるひとの言い方と同じになってしまう。

気がつくと、部屋のルーターやオーディオや換気扇の小さなランプがぜんぶ消えていて、部屋のなかの真夜中がますます暗くなっている。

ガスファンヒーターもいつのまにか消えている。

まぶたを開けても、閉じても、同じ真夜中しか見えない。

黒い海のなかと同じだ。


寒い？

だいじょぶ。

外、行かへん？

え、いまから？　それは寒いんちゃう？

寒いと思うけど。なんか、外、行きたい。お正月やし。たぶん地下鉄もバスも動いてると思う。

バスは動いてへんらしいよ、地下鉄だけ。

あ、そうなんか。でもコンビニとか行きたい。あびこ観音で初詣やってるんちゃうかな。

行かんでええけど。とにかく外、歩きたい。

ええよ。私コンビニで肉まん食べよかな。

ええな。俺も。

今日は私もぬくいかっこしてきたから、パーカー借りんでええねん。

そっか
雪や！

おお、ほんまや。寒いと思った。

うっすら積もってる

積もってるな、大阪でこんなん、何年ぶりやろ

十年ぶりぐらいちゃうかな

ほんまやな。うっすらやけどな。

雪だるまつくろか

無理やろ。

そやな。あのな、

うん

毎年思うねん。ああ、私はまた年越した。

ああ、

でもあの子は越されへんかってんな、って。

毎年、まいとし思うよ。

あれ、大晦日の日やったから。

私のせいやねん。

私が寝てたから。

真っ暗な部屋のなかから外に出ると、街路灯、信号、看板、道路標識、民家の玄関灯や

窓の明かりがきらきらと小さく揺れていた。

真っ白なプランクトンが降り積もる海の底を、美沙さんと手をつないで歩く。

小さなコンビニが、まぶしい蛍光灯の白い光をあたりに撒き散らしている。

海底に沈んだ鯨の死骸の、白い骨。

私がおごるわな。肉まんふたつください。
あ、ほな、ピザまんもください。
何よそれ。ええとじゃあ肉まんふたつとピザまんひとつね。
飲みものは？
自販機のお茶のほうが熱いと思うで
そやな。

「あんたら何してんの」

イートインにいたのは、ドミンゴのママだった。

「ああ」

「おお、久しぶり」

「あら美沙ちゃんとお二人で。あらあら」

「そんなんとちゃうよ……」

「ふふふ」

「あ、そやそや、美沙ちゃんにはこないだ言うたんやけどな……。ドミンゴ閉めるねん」

「えっ」

「もう私も歳やしな」

「ママいくつなん」

「もう今年で七三やで」

「おお、ママそんな歳やってんな」

「せやろ、こないだまで女子大生やってんけどな」

「そういうの、もうええって」

「そもそも私大学行ってへんけどな」

ママはいま包んでもらったばかりの肉まんとピザまんを俺たちにくれようとした。

「これ食べへん?」

「あ、ありがと、俺たちもいま同じもん買うたとこ」

「そうか。あんたらほんで何してんの」

「いや別に。きのうの夜、このひとの演奏聴きに行っててん」

「ああそうか! きのうやったな、西九条のドルフィーさんとこ、閉めはんねんなあ。どやった？」

「めっちゃよかったよ。ほんで家行ってて、なんかいまちょっと買い物に来た。ママは？」

「いまから常連さんと初詣やねん」

「そっかーママ元気やな」

「いやもうほんましんどいわ」

「ほんでママ、店たたんでどないすんの」

「もうな、実家いう実家も、この歳になるとないけどな、妹がまだいなかにおるねんやんか。家、守ってるねん。妹は結局、ずっと独身で。いまもひとりで、親の家住んでるねん」

「あ、そうなんか」

「せやからな、私ももう歳やし、店も儲からんしな……。もうそろそろ店じまいして、妹んとこ行って一緒に暮らそ思って」

「なんかええな」

「せやろ。考えてみたら、妹と一緒に暮らすの、六十年ぶりぐらいやで」

「ふふふ」「ははは」

「何回か結婚もしたけどな……。私も結局、子どもできへんかったし、妹とふたり暮らしって、なんやこの歳でまた子どもに戻るみたいやけどな」

「ママどこやったっけ」

「私、四国。徳島」

「あ、徳島やったんや」

「大潟っていう、小さな小さな漁港やねん。漁港と、畑と、おおきな工場と、川と。あとはもう、海しかないねん」

「そうなんや、行ってみたいな」

「いっかいおいで。美沙ちゃんも海の近くやってんな、実家」

「うん、そうやねん。和歌山。海と国道しかない」

「そうか、ご両親は？　元気？」

「……だと思う。十年ぐらい、連絡とってない」

「連絡したりや。何があったかしらんけど、絶対喜ぶから」

「うん」

「あ、ほら」

ママがガラス越しに指差した先に、白い犬がいた。

雪のなかを、白い犬がリードもつけずに、飼い主も連れずにひとりで、上を向いて、しっぽを腰の上でぐるぐると巻いて、馬のトロットのように軽快に、口で吐く息ではっはっとリズムを取りながら、我孫子町を歩いていた。

「あの子、ひとりかな。飼い主おらへんのやろか。野良ちゃうよな、毛並みいいしな。体格も立派やし。なんでひとりなんやろ。心配やなあ。

どっか暖かい寝床があるといいけどな。私ここでドッグフード買って、あげてこよかな。

どこか、暖かい布団で、一緒に寝るひとがいたらええねんけどなあ」

大阪の西は全部海

私はただの地味な、真面目な、あんまりよう喋らんけどひとに気ばっか使ってる事務員で、途中で正職員にはなったけど、もともと長いことあの法律事務所に派遣で通ってて、途中から直の契約職員になって（所長はほんまはこれ派遣元との契約違反やねんけどなって笑ってた、あのひといい人やったな）、そのあとまた長いこと働いて、四十すぎて正職員にしてもらった。

それだけ君は仕事できるからってみんな言ってくれて、それは私もうれしかった。でも、仕事を「やりすぎる」と、それはそれで、たかが事務員にそこまでされたって言って怒る先生もいて、だからそういうことも仕事のうちで、私は二十年ぐらいここの事務所に勤めるあいだに、気を使う、ということも含めて、そういう仕事をたくさん覚えていって、だから正職員になったんやと思う。

西天満の、画廊の上の、小さな法律事務所。

南森町で地下鉄をおりて、五分ぐらい西に歩く。なんか高級そうな寿司屋とかフランス料理屋が並んでいて、このあたりは画廊も多い。

大阪の街はぜんぶ、とくに梅田はもう、ユニクロと居酒屋チェーンの店ばっかりになってしまったけど、ここは個人がやってるいい感じの小さな中国料理とか鉄板焼きとか小料理屋が並んでいる。大阪地裁が近いから弁護士事務所がたくさん密集していて、弁護士ってそない金持ちなんかなと思う。

私の給料なんかじゃ無理やけど、そのうちの一軒だけ、小さな小さな古い民家の一階でやってるビストロがあって、ビストロっていうより昭和の洋食屋さんって感じやけど。

私の給料なんかでほんとに無理な話やけど、いつか、あの店でゆっくり食事したいなと思う。私はわりとお酒も強い方で、でも今はもうそんな飲む機会もほとんどなくなったけど、でもそのときはワインをたくさん飲みたい。

その店の玄関先の寄せ植えがきれいで、いつも出勤するとき楽しみに見てた。いろんな花がいつも咲いてた。真冬でも咲いてたような気がする。不思議やな。

でも花って、あれは大事にしててもすぐ枯れたり伸びたり咲かんようになるから、いつもきれいに咲かせてるのって、あれは盛りをすぎたらすぐに抜いたり剪定したり植え替えたりしてるんやな。最近まで知らんかった。私は植木とかそういうものを育てたことがないから。

最初に私の部屋に来たとき、殺風景でびっくりしてたよな。植木のひとつも置けばいいのに、って言われて、私もびっくりした。

枯れたらかわいそうやし、ってそのときは答えたけど、でもそれ嘘で、ほんとのこと言うたら、そもそもそういう、植木とかそういうかわいらしいものを部屋に置こうという発想がなかった。

いまもインテリアとかがわからへん。みんなどないしてんやろな。さすがにニトリはなくても、無印とかフランフランとかで買えば、それなりに女の子っぽい、かわいらしい部屋になるんだろうか。でももう女の子いう歳でもないしな。

知ってた？　かわいらしい花がいっぱい咲いてるのって、植木鉢でも生垣でも寄せ植えでも、路地裏の小さな古い長屋の玄関先におばあちゃんが作った何かようわからん植木コーナーみたいなやつでも、あれはこまめに抜いたり剪定したり植え替えたりしてるねんな。知らんかった。

殺してるんやな。

なんか子どものころからそういうのが気になって仕方ない。別に残酷だなとかも思わへんけど、かわいそうだとも思わへんけどな。でもなんかやっぱりびっくりする。ああ、抜いてるんやと思う。植え替えてるんや。

殺さないとみんな枯れちゃうから。

たまに玄関先で土とか干してる家あるよな。あれはああいう趣味やねんな。手入れするって、そういうことやな。

だから私は、植木鉢買おうかなと思ってて、たまたま買わへんかったんやけど、なんかそういうことを実行するきっかけがなかったんやけど、ぼんやりした自分のイメージでは、小さいかわいらしい鉢植えを買ってきて、大事に窓際に置いて、水をやったりなんか知らん液体を霧吹きしたり、話しかけたり名前をつけたり、そういうことをするもんやと、漠然と思ってたけど、あれは抜いたり植え替えたりせなあかんのやな。

殺さなあかんねんな、いっかい。

おだやかに、静かに、ずっと一緒に、かわいらしいものとただいつまでも暮らすっていうのは、難しいんやな。

そう思う。

それは誰にもできないことなんやな。そういうふうにだけ生きるっていうことは。

なんかのきっかけでそういうことに気づいて、ああそうなんやと思ってからは、あのビストロの寄せ植えの前を通るたび、ああまた咲いてる、また違う花が咲いてるわと思いながら、でもどっかで、この子たちも盛りが過ぎたら抜かれて、捨てられるんやなと思う。

そういうことをしないと、そもそもかわいらしい花って咲かへん。

猫を飼っても、どうせ先に死んじゃうのと同じやな。

同じじゃないかな。違うかな。

私、子どもできへんような気がする。

なんでかわからんけど。でもああいう、植木みたいな、花みたいな、小さくてかわいらしいものは、みんな道端とか、公園とか学校とか、人んちとか、そういうところにあって、私のところにはない。

昔、すごい昔だけど、まだお母さんと暮らしてたころは、まだそんな感じもあった、私の毎日のなかには。猫もいたし。

年上のいとこに女の子が生まれて、まだ私も高校生とかそんなんやったけど、一瞬だけ赤ちゃん抱かせてもらった。重くてびっくりした。子どもって重いねんな。

あれは生まれたてじゃなかったと思う。半年か、一歳か。私にすごい懐いて、離そうとすると泣いた。

私はもうどうしてええかわからなくなって、困ってたら、いとこからめっちゃ笑われて、あとは覚えてない。あれはどこやったやろ。私の実家のほうかな。

和歌山の。海と国道しかないとこだった。私は、もう頭のなかに霧がかかったみたいになってて、自分の話やったか、あんたの話なんか、それともあんたから聞いたほかの誰かの話なんかもわからんくなってきた。

考えたらあれが、私が子どもを抱いた、最初で最後やったな。

子ども、たぶん、できへんと思う。

あれはいつのまにかできちゃうもんやねん、みんなそうやねん、あれは作ろうとか欲しいとか、そういうことをわざと思ってできるんじゃなくて、あれは気付いたら勝手にできちゃうもんやねんって、みんなそうやって言うよな。

子どもできへんと思うって、もし私がひとに言うたら、そういうこと言われるんやろな。

こういう想像って、よくするけど、どうせこんなこと言われるんだろうとか、そもそもそんな架空の話で、一体誰が言うねんって言われるとわからんよな。

私の脳で喋ってるのは誰なんやろう。

私の脳のなかで聞こえてるこの言葉は、誰が喋ってるんやろ。

あんたともたくさん喋ったよな。

私はあんたの仕事もよう知らんけど。

よう散歩したやんか。普通の、大阪の、別に大阪っぽくもなんともないところ。

蒲生四丁目とか。なんで蒲生は四丁目なんやろな。一丁目とか五丁目もあるんやろか。

蒲生っていえばだいたいいつも四丁目やんな。

鶴見緑地とかも行ったな。大きな、大きな森のなかを歩いてると、とつぜん、古い廃墟みたいなタワーが出てきてびっくりした。昔おおきな博覧会があって、そのときつくられた公園やから、そのときのものなんかな。あれが新しくて、まだできたばかりのころは、家族連れがたくさんたくさん、あそこに上ったんやろうな。

いつかあれも崩れて倒れるときがあるんやろか。

蒲生とか鶴見とか、鴫野とか今里のあたりをいつまでも歩いてると、だんだん頭がぼうっとして、何も考えられんようになって、二人とも無口になってきて、ただ黙って歩いた。道とか、電柱とか、空とか、猫とか、長屋の玄関先におばあちゃんたちが作る、ようわからん、植木コーナーとか。

気がつくと鶴橋まで行ったこともあったな。ああいう、何もない住宅地に並んでる家やアパートやコンビニや電柱や植木は、どれも似てて、歩いても歩いても、みんな同じ形をしてるんだけど、でもどれもぜんぶ違うのは不思議やなって、二人で話した。この話、何百回もしてるよなって言って笑ろた。それは何百回もただ大阪の街を歩いてたからやな。

ほんとうに大阪の、なにもない住宅地の路地を、飽きもせずいつまでも歩いた。

並んでる家をただ眺めながら歩く。歩くのとおなじ速さで、家たちは後ろに去っていく。ぜんぶそっくりで、同じで、似てるなあ、といつも思う。

大阪の街の、大通りから一本入ったとこぐらいの住宅地に並んでる、アパートやマンションや建売の家。なんでこんなにぜんぶがぜんぶ似たような家ばっかり並んでるんやろと思うけど、べつに何が共通ってわけでもなく、ただ似てる。何も共通してないのに似てるって、おもしろいなって思って、それを言うと、ほんまにそうやなって返事した。あとはずっと黙って歩く。

ぜんぶ同じだけどぜんぶ違うもの。

よく波も見にいった。わざわざ大阪港の、あのウッドデッキの遊歩道んところ。海やねんけどぜんぶ埋立地で、そこには水平線はなくて、海っていうより巨大な、広大な堀割の、対岸にはあのバブルのあとにできた大阪市の派手なゴミ処理場が見えてて、それから天保山の海遊館の観覧車もかすかに見えてる。波が見たくなるとあそこによく行ったな。

地下鉄で行って、駅をおりるともう目の前が遊歩道で、そのむこうに大きな河みたいな海が広がっていて、いつも私らは黙って無言で歩くねんけど、あの海を見たときはいつもよりもっと無言になる。黙ってるよりもっと静かになる。

港のなかの海は、真っ黒で汚くて、いつも穏やかで、海鳥が飛んだり浮かんだりしてて、でもコーナンで買ったみたいなベスト着た汚いおっちゃんたちが釣りしてて、その釣竿を振り回すたびに、釣り針がこっちまで飛んでくるのが怖かった。

波もぜんぶ同じ形してるけどぜんぶ違う形してる。

ぜんぶ同じだけどぜんぶ違うものを見てると、家とか、波とか、猫とか、植木とか、飽きないし、ほっとする。

いちばんせなあかん話をしなくてすむし。

私たちはずっと、真っ暗な大きな穴のまわりをぐるぐる歩いてただけなのかもしれんけど、でも前をむいて歩いてたら、横にある、真っ暗な大きな穴のことは見なくてすむから、私たちはあんなに歩いてたんかな。

港にある、あの赤い、山みたいな、ロープウェーみたいな、登山道みたいな、行ったことないけど東京タワーみたいな大きな赤い鉄の橋を歩いて渡ったよな。あんなに大きな橋があるねんな、橋を渡るだけで一時間か二時間ぐらいかかったよな。

大阪港に。

鉄の、赤い、山みたいな、ヘリコプターで空を飛んでるみたいな。下から見上げると上の方を通る大きなトレーラーの眩しい真っ白なランプも、小さい、小さい蛍みたいな灯りになる。あんまり大きすぎて、下から見上げてもその形がわからへん。ぜんぶを一緒に見れなくて、いつもどこかが、目からはみ出す。

目って、たくさん見れるやん。梅田のスカイビルの上からでも、阿倍野のハルカスの上からでも、大きな大きな大阪っていう街が、ひとめで見れるやろ。ほらウチあのへんやで、とか、通ってた短大あのへんにあってん、とか、いま私がおるあの事務所の、西天満はあのへんかなとか、わかるやん。

でもあの橋はほんとうに大きすぎて、いつもどこかが目の端から逃げて、だからいつまで見てても、どれくらい頭を一生懸命振っても、ぜんぶは目の中に入らへん。

だから、何百段もある階段の、さいしょの一歩を上ったときにはもうひどい船酔いみたいになってて、私は自分がほんとにバカだなと思った。

上っても上ってもぜんぜん上まで着かへん、これどれくらい登らなあかんの、と言いながら一歩ずつ一生懸命登る。

最初に街路樹や平屋の長屋やコンビニが顔の下に来て、そのうち三階建ての工場や倉庫や何かようわからん小さな会社のちょっと高い建物も下になって、空が開けてくる。ああ、空って広いな、と思う。地球やな。

大きな大きな、幅の広い鉄橋の道路の、端っこについてる狭い、細い歩道を、そろそろと歩く。

いつのまにかもう、橋は海の上に出てる。

手すりから見下ろすと、はるか下のほうに、真っ黒な大阪港の海面が波打ってる。その横を、大きなトラックや車ががんがん通っていく。

轟音をたてすごいスピードで橋を通り過ぎる車やトラックはなんかみんな、敵意を感じる。私たちのこと嫌ってるみたい。そこどけ、って叫ばれてるみたい。私たちが歩いてるのは端っこの歩道で、邪魔なんかしてないのに。

はるか下の黒い海には、たくさんの小さな船がずらりと並んで浮かんでいて、でもあれは間近で見たらおっきいんだろうなと思う。

船ってだいたいみんな白いよな。赤い船とか青い船もあるのかな。青い船はありそう。

そっか、大阪港だから、みんななにかの仕事で使う船だから、みんなそっけなく白いんやな。

ずうっと目をあげていくと、海が遠くまで広がっていって、広い広い埋立地に、四角い工場や倉庫が並んでいて、小さな小さな車がたくさんあって、それは色とりどり。色んな色。

子どもの頃から「色」っていう言葉と「色んな」っていう言葉が混ざって、気持ち悪い。二つ重なって「色んな色」ってなるの、めっちゃ気持ち悪くない？ なんか服着たままお風呂に入ってるみたい。夢のなかでよくそういうことするけど。大人がこっち見てて、私もにこにこ笑って、楽しそうにしてるんだけど、でも、ああ、服着たままお風呂入って、重いし肌にくっつくし、気持ち悪い気持ち悪いって思う。

高速道路が、どこか遠くのほうからやってきて、ぐるぐると回って、そしてどこか遠くの方へ消えていく。生駒とかからやってきて、六甲とかのほうに消えていく。

すごく寂しくなる。海遊館と観覧車が遠くに小さく見えていて、でも私たちにとって大阪港っていえば海遊館と観覧車なんだけど、でもこうやって大きな大きな赤い鉄の橋の、いちばん高いところから見渡すと、大阪港のぜんぶのなかでは海遊館や観覧車なんて小さな小さな、ほんのちょっとした箱で、私たちみたいなバカな地べたの人間にとっては、海遊館と観覧車が大阪港のすべてなんだけど、でもほんとはそれは嘘やったんやなと気づく。

どこまで目を凝らして遠くを眺めても工場と倉庫ばっかりで、どんなひとが働いてはるんやろと思う。めっちゃ不思議。みんなこれ、ひとが働いてんねんな。ああ大阪港ってほんとは、こういうひとたちや会社とか工場とかが主役なんやな。

私らは大阪のこと何にもわかってへんかってんな。

この工場や倉庫が、ほんとは主役なんだ。

そう思うと、なんか私は大阪という街からのけものにされてるような気がして、もともとのけものだったんだけど、あらためてそれに気付かされたような、大阪という街から、お前たちはいなくてもいいんだよもともとのけものなんだよ、もとからほんとはそうだったんだよと言われた気がする。

私らが見てるのはほんまにちっぽけな、それ向けに誂えられた、人工の何かやってんな。

大阪のことを何にも知らない。

私はあんたのことも何にも知らんけど。

仕事は何してるんやろ。

ほんまに子ども欲しいって思ってるんかな。

選ぶっていうことが、私の人生にはない。

小さいとき、ほんとに小さいときに一度だけ、お母さんから、あんたにはお姉ちゃんがおったんやで、って言われたことがある。でも、生まれて来えへんかったんやで。

びっくりして、それ以上何も詳しいことは聞けなかった。もうひとりの自分が、自分の知らないうちに存在してて、そして生まれる前に消えた。

死ぬ、ということがどういうことかは、子どものころからいろいろ想像してたけど、生まれてこないということがどういうことかは、もう子どもの頭では想像もできなかった。

結局お母さんには、それが流産なのか中絶なのか、流産なら妊娠のはじめのころなのかもっとあとの方なのか、それともぜんぜん別の、何か突拍子もないことでも起きたのか、そういうことさえ聞けなかった。いまはもうお母さんもいないし、だから私は、もうひとりの私がいたかもしれない、ということだけを知ってる。それ以上のことはわからんねん。

子どものころはだから、その空想の姉とずっと一緒におった。姉なのか、もうひとりの自分なのか、もうわからんくなってたけどな。

私はお母さんがスナックに勤めにいく夜の間じゅうずっと、ひとりで帰りを待ちながら、お姉ちゃんと一緒に遊んでた。

お姉ちゃんはひとととよう喋らん私と違って社交的で活発で、辛辣でおもしろいひとやった。私はよく、トロいとかダルいとかいって、空想のなかで叱られた。

二人で、当時流行ってたアニメのヒロインのキャラになりきってた。姉妹戦隊やねん。あほやろ。子どもってあほやんな。

なんか女の子が主役で、悪い敵と闘うアニメがあったんやけど、二人ともそれにめっちゃハマって、それになりきって遊んでるうちにだんだん設定が変わってきて、自分らでめちゃくちゃな話に変えて遊んでてん。

また別の絵本だか、子ども向けの物語だかに、「ネコ肉屋さん」っていうひとが出てきてて。それでお姉ちゃんと、これは何やねん許せんな、っていうことになった。

あとから考えたら、それは猫の肉を売るんじゃなくて、猫のごはんを売ってるひとなんだろうけど。魚とかなのかな。

で、もう私らのあいだでは、ネコ肉屋さんっていうのが、すごい悪者になった。

自分らも、ハンバーグとかソーセージとか焼肉とか、おいしいおいしい言うて食べてたのにな。

とにかくなんかそのネコ肉屋めっちゃ悪いねん。そういう一味がおるねん。で、すごい陰謀で。学校の給食をぜんぶネコの肉にしてまうねん。

それで、お姉ちゃんが、その陰謀に気づく。ある日、給食に出てきてた魚肉ソーセージの味が、なんか違う。いつもと同じ真っ赤なソーセージだけど、でもその日のソーセージは、普通の真っ赤よりももっともっと真っ赤だった。

これはなんか違う。怪しい。

給食の最中にお姉ちゃんが立ち上がって、先生を指差して、こう言うねん。

世界征服もそれまでや！　私らが許さへんで！

なんか笑らけてきた、ほんまあほやな子どもって。うちらほんまにあほやったな。

それで、先生も凍りついて、教室中がしんと静かになってみんな目を丸くしてこっち見てるときに、お姉ちゃんがぐるっと振り返って、私の目のど真ん中を見て、あんたもなんか言いや、って言った。

私は何も言えなかった。

あんたほんまダルいな、肝心なときに何にも言えへんねんな。

私はそういうとき、ちょっと悲しくなるけど、でも私はお姉ちゃんほど頭がよくないし、口も立たへんし、お姉ちゃんのことがほんとに好きで、すごいなって尊敬してたから、私はいつも、そういうこと言われたとき、素直に謝った。

ある夜、あのときもお母さんいなくて、私ら二人だけだったけど、とつぜんお姉ちゃんが、犬逃がそうや、って言いだした。

犬。

ちょっと歩いたところに材木屋さんがあって、そこの倉庫みたいなところの奥に、いつもつながれっぱなしの、大きな犬がいて。

短い鎖やねん。ぜんぜん歩いたりもできへん。ずっとおんなじところに、つながれて。

水だけ置かれて。

散歩もさせてもらってるのかわからんかった。いつも毎日、学校に行く途中に、その犬を見るたびに、私らすごい暗い気分になってた。

なんかテレビのアニメで、大きな犬が自由に走り回ってるとこ見て。

ぼーっとテレビを見つめたまま、お姉ちゃんが、いまからあの犬、逃がしたろうや、って言った。

あれは何時ごろやってんやろ。子どものことやし、そんな遅い、真夜中みたいな時間じゃなかったと思うけど。そっと家を出て、私らはその材木屋に向かった。

鍵とかどうしたんやろ。お母さん帰ってこなかったのかな。覚えてない。

もう何にも覚えてへんな、何にもってことないけど、おおまかには覚えてるつもりやねんけど、でもなんか大事なとこ全部抜けてるよな。

鍵しめたかどうかって、大事なことなのに、そういうこと全部忘れる。

かわりにくだらないことばっかり覚えてるねん。

水がなかった。

犬がおらへんだけじゃなくて、水のお皿もなくなってた。材木屋の、柵のむこうの、奥のほうの、汚い犬小屋に。

水がないなあって言うたのはっきり覚えてる。せっかく助けに行ったのに。二人とも汗だくで、あれは夏やったんやろか。暑かった。もう緊張して、心臓ばくばくしてて、叱られるんちゃうかとか、犬逃がしたあとどうしようとか、ウチで飼えるかなとか、あと先も考えんと、子どもやからしかたないけど。

どうするつもりやったんやろ、私ら。夜やし、走ったら目立つからあかんでってお姉ちゃんに言われて、それで私たちは、もう精一杯の、自分の限界まで速い速足で歩いた。黙って、一言も喋らず、夜の街を、思い詰めて、どうしてもあの可哀想な子を助けたるんやっていう気持ちでいっぱいになって。私は泣いてたと思う。お姉ちゃんも泣いてた。

どういう気持ちやろと思う、その犬。生まれたばっかりの、子犬のころは、可愛がられたんやろか。そのうち大きくなって、歳も取ってきて、飽きられたんかな。あんな狭い、薄暗いところに、短い短い鎖でつながれて、誰にも撫でられず、たった一人で、ただ餌だけ食べて、たった一人で寝てるんやな。

そう思ったらもう、私らは行くしかなかった。

たった一人であんな短い鎖につながれて、ただ生きるってどういうことだろう。ただ、寂しい、悲しい、誰も来ない、誰とも遊べない、自由に走ったり、においを嗅いだり、喧嘩したり、歌を歌ったり、しっぽを思いっきり振ったり、そういうこともぜんぜんできなくて、ただ生きてるだけって、どういう気持ちなんだろう。

流れる時間の、その一秒一秒がつらくて、不自由で、ただ苦しい。

だから私たちは、ぐっとグーを握り締めて、歯を食いしばって、汗をかきながら、ただ黙ってひたすら歩いたんやけど、でも犬がいる材木屋の倉庫みたいなところに着いたら、柵のむこうに犬はいなかった。

私だったかお姉ちゃんだったか、水の皿もなくなってるなって気づいて、だからほんとに、よく見るとその犬小屋は、ただ誰もいないよりもっとずっと誰もいなかった。

私たちは背中をむけて柵にもたれて、また黙ってただ路上に座った。見上げると、満月でも三日月でもない中途半端な月がぼんやりと光ってて、そういうどうでもいいことはよく覚えてる。

少し泣いた。

通りには誰もいない。

やっぱりあれは真夜中やったんやろか。

お姉ちゃん、この子、たぶん死んだんやな。

うん、そやな。

水の皿もないしな。鎖もない。片付けられてて、ただ小屋と、地面に敷いてた汚い毛布だけが残ってる。あれも明日の朝になったら片付けられるんやろな。

うん。

ただ、たったひとりで、寂しいなとか、悲しいなとしか思わんかったんやろな。生まれてから死ぬまで、ずっとそれしか思わんかった、それしかなかったんやろな。

そうやな。

あのな、お姉ちゃん、

何？

生まれてこないって、どういうこと？

まわりの街灯や看板や車の明かりがいつのまにかぜんぶ消えて、まわりは真っ暗になっていた。

か細い月の光に、お姉ちゃんの顔が照らされている。

お姉ちゃんは黙ってこちらを見ていた。

私はひとりで、ただ喋り続けた。

生まれてこなかったって、どういう気持ちなん？

この犬は、生まれてきて、めっちゃ悲しい人生やって、そのあといなくなったんやろ。

でも私はその犬がおったこと知ってるし、助けてあげられなかったこと、たぶん一生忘れへん。

でも、最初から生まれてこないって、どういう気持ちなん？

真っ暗で静かで、通りかかるひとも誰もいない路上で、材木屋の柵にもたれて座り込んで、私はお姉ちゃんにむかって、質問ばかりしていた。

お姉ちゃんはずっと黙ってた。私ももうそれ以上何も言いたいことがなくなって黙ると、お姉ちゃんは、ネコ肉屋の陰謀の話をした。

あれは世界征服を企んでるねんな。許せんな、やっつけなな。

そやな。

あんたも手伝ってや。

うん、手伝うわ。

どうやって帰ったかも覚えてない。今から思うと不思議だけど、私はそれきり、その犬のことも忘れてしまった。一生忘れへんってお姉ちゃんには言ったけど、もう学校に行く途中に、柵の向こうでつながれてるあの犬を見て心を痛めることもなかった。

こないだ、子どもの話したやろ。

あのとき、急に思い出してん。

忘れてたけど、いま思い出したんやから、一生忘れてへんのと一緒やんな。

あの犬は、ほんとに生きてて、そしていなくなった。お姉ちゃんは生まれてこなかったけど、でもたぶんちょっとはいたんだろうと思う、お母さんのお腹に。私はお姉ちゃんに、生まれてこなかったってどういう気持ちなんって尋ねたけど、答えてくれなかった。でも、数日か数ヶ月か知らんけど、お姉ちゃんの「元」みたいなものが、実際にこの世界に存在したのは、確かやと思う。

でもほんとに、何もかも全てが最初から存在しなかった子どもは、どう思ってるんやろ、いまどないしてんやろ。

たぶん歳も歳やし、子どもできへんと思うねん。

可愛いと思うやろか。愛しいと思ってしまうんやろか。

最初から存在しなかった子どものことは、どうやって愛したらええんやろか。

いろいろ想像するんかな。男の子かな女の子かな、とか。名前とか考えたりするんやろか。でも、できませんでしたって。結局。

それって、好きとか、愛しいとか、可愛らしいとか、そういう気持ちだけ残って、その気持ちを向ける先が、結局ありませんでしたっていうことなのかな。

考えると止まらへん。

考えすぎかな。

子どもが大好きで、愛してるっていう気持ちは、その子どもが最初からおらんかっても、持っててええんかな。

気持ちだけがある。でもそれが向かう先がない。

生きてて、途中からいなくなった、じゃなくて、最初からいない。

もうひとつ、頭から離れへんことがあるねん。

お母さんシングルやったし、二人はよう育てんかったと思うねんな。

そしたら、お姉ちゃんが生まれてきてたら、私は生まれてきてなかったかもしれん。

考えると止まらへんくなるねん。

生まれてこなかったのは私のほうだったかもしれない。

自分が生まれてこなかった世界って、想像するのめっちゃ難しいよな。だって、自分がいなかったことを想像してるのも自分やからな。

な、考えすぎやなやっぱり。子どもの頃からよくそうやってお姉ちゃんにも叱られた。だから何回も海見に行ったんやと思う。海、っていうか、波。波を見に行った。小さい波の切れ端がたくさん集まって、大きくなったり小さくなったり、浮かんだり沈んだりしてるのを見ると、はじめて私の脳は何にも喋らんようになる。しんと静かになって、ただそこにいるだけの私になる。

覚えてるか知らんけど、関空から神戸まで高速船が出てるって知らんかったから、それ地下鉄のポスターか何かで見て、どうしても行きたくなって、一緒に行って、船乗ったな。あれはもう夜になってたな。なんであんな遅い時間の船に乗ったのか、私ももう覚えてない。

覚えてないことってたくさんあるねんな。そのときは、その遅い時間の船に乗らなあかんかった、そういう理由があったんやな。

自分の人生じゃないみたい。

ターミナルのビルの隅っこに小さなバス停があって、小さなシャトルバスに乗った。

真ん中ぐらいの狭いシートに、ふたりで並んで座った。いちばん後ろの席に中国人の観光客の家族が乗ってて、遅い時間やったし、あれは飛行機の乗り継ぎか何かで神戸まで行くとこやったんやろか。

十歳ぐらいのふたごの女の子がいて、バスが出ると、あたりは真っ暗で、だだっ広い建築現場みたいな、更地みたいな、空き地みたいな関空の敷地のなかをバスはゆっくりと走る。車内も真っ暗になって、ただ運転席の計器や、乗降口のサインが、ぼんやりとかすかに、緑やオレンジ色に光ってる。

ふたごの女の子が、小さな声で、歌を歌い出した。中国語の、何言ってるか一言もわからへんけど、きれいなきれいな、鳥のさえずりみたいな言葉で、ふたごの女の子が一緒に歌を歌い出した。

私はなんだか泣けてきて、ぽろぽろ涙をこぼしてた。声も出さず。

隣のあんたの顔を見上げると、子どものころに見上げてたお母さんや、お姉ちゃんや、材木屋で悲しそうな顔をして一日中鎖に繋がれてたあの犬や、一緒に暮らした猫たちの顔になってて、真っ暗なバスのなかで、緑やオレンジ色した小さなぼんやりした光や、外をちらちらと通り過ぎる真っ白な街路灯の光がその顔の上にあたったり消えたりして、そのたびにお母さんやお姉ちゃんや犬や猫たちの顔も、照らされたり消えたりしてた。

初出／リリアン――「新潮」二〇二〇年五月号
大阪の西は全部海――「新潮」二〇二一年二月号

岸 政彦　きし・まさひこ

1967年生まれ。社会学者・作家。著書に『同化と他者化――戦後沖縄の本土就職者たち』『街の人生』『断片的なものの社会学』（紀伊國屋じんぶん大賞2016受賞）『ビニール傘』（第156回芥川賞候補、第30回三島賞候補）『マンゴーと手榴弾――生活史の理論』『図書室』（第32回三島賞候補）『地元を生きる――沖縄的共同性の社会学』（共著）など。

リリアン

発行　2021年2月25日

著者　岸 政彦（きし まさひこ）
発行者　佐藤隆信
発行所　株式会社新潮社
〒162-8711 東京都新宿区矢来町71
電話 編集部 03-3266-5411
読者係 03-3266-5111
https://www.shinchosha.co.jp

印刷所　株式会社精興社
製本所　加藤製本株式会社

乱丁・落丁本は、ご面倒ですが小社読者係宛お送り下さい。
送料小社負担にてお取替えいたします。
価格はカバーに表示してあります。

ISBN978-4-10-350723-9　C0093

岸政彦の本

ビニール傘

共鳴する街の声――。
気鋭の社会学者による、初の小説集！
第１５６回芥川賞候補作。

図書室

四十年前の冬の日、
同い年の少年と二人で、
私は世界の終わりに立ち会った。
ひとりの女性の追憶を描いた中篇と
自伝エッセイを収録。